Christophe Wojcik

Cent minutes de silence

Éditions Héloïse d'Ormesson

Roman

ISBN 978-2-35087-989-5

Éditions Héloïse d'Ormesson
92 avenue de France, 75013 Paris
www.editions-heloisedormesson.com
serviceclients@lisez.com

Et je vous invite maintenant
à respecter une minute de silence
à la mémoire de notre cher disparu…

/ Cueilleur de champignons /

C'est-à-dire que moi, les champignons, je les cherche là où ils poussent, rosés-des-prés dans les parcs à vaches, chanterelles sous les hêtres et les châtaigniers, bolets dans les bois de sapins rouges, sans parler des lépiotes ou des russules, alors j'en vois du pays, d'ailleurs je leur ai dit aux gendarmes quand ils m'ont interrogé, à force de battre la campagne, je finis par faire un peu leur boulot, je fouine, j'inspecte, je ratisse le terrain à leur place, du coup, j'en trouve des objets bizarres et des vieilleries, ah çà ! j'en trouve, je pourrais ouvrir un musée des horreurs juste avec les godasses, les obus et les ossements d'animaux, sans parler de ces trucs… comment ils appellent ça de nos jours… des capotes, quoi !

Mais là, au fond de la forêt, dans cette carrière désaffectée où plus personne ne va, quel choc quand j'ai découvert les restes de M. Léger encore chaud, M. Léger réduit en purée, écrabouillé, gluant presque, aussi ratatiné que le malheureux cèpe qu'on piétine parfois, bien malgré soi, au cours d'une balade, à cause d'une stupide seconde d'inattention…

Si j'osais un mauvais jeu de mots, je dirais que pour lui, aujourd'hui sonne le glas, tandis que pour moi, demain, vu la petite pluie fine de la nuit et ces quelques rayons de soleil, haro sur les trompettes-de-la-mort !

/ Père /

Toi mon fils qui, de ton vivant, rigolais de tout, tout le temps, vraiment je ne vois pas pourquoi tu ne continuerais pas à te tenir les côtes, ou ce qu'il en reste, en contemplant de là-haut nos gueules d'enterrement...

Je le sais, tu aurais préféré qu'on fasse une belle fête. Moi aussi... Mais ces gens ont apparemment la mémoire courte, ils commencent déjà à t'oublier, à oublier ta bonne humeur, ta joie de vivre, ton sens de la dérision, ton goût pour la plaisanterie...

Étrange prémonition, la semaine dernière, nous évoquions le déroulement de nos funérailles, sujet de conversation parmi d'autres, tu pensais aux tiennes et tu disais sur un ton guilleret : « Ceux qui assisteront à ma mise en bière feraient mieux d'aller s'en jeter une petite chez Eugène ! » Eugène est là, comme tous ceux du village... Il a fermé le café pour la cérémonie.

Mort... Mort mon fils... Est-ce vraiment arrivé ? Pourquoi ? Au fond, je m'en fiche pas mal. Je regarde ces visages attristés, déprimants autour de moi et je me demande si je ne devrais pas plutôt piquer un immense fou rire en souvenir de toi…

/ Boulangère-pâtissière /

Non, vraiment, un homme charmant, poli et tout, il retenait la porte aux clients qui entraient derrière lui, et bonjour madame, et toujours une parole aimable, et merci, et au revoir, avec le sourire, et beaucoup de prestance, et bien habillé avec ça, deux baguettes bien blanches et un pain de campagne en semaine, dimanche encore, il est passé prendre sa commande, un parfait au chocolat pour huit personnes, plus une tartelette aux myrtilles pour sa fillette, non, vraiment, un homme charmant, alors le coup au cœur que ça m'a fait quand j'ai appris ça, le choc, quand on me l'a dit je n'y ai pas cru, non, vraiment… Et puis c'est quoi, toutes ces histoires, ces commérages, ces cancans ?

///

Sitôt rentrée, penser à sortir les framboises du congélateur, les Moulinier juste avant l'homélie m'ont commandé une charlotte aux fruits rouges pour demain midi or, la charlotte aux fruits rouges, c’est quand même un peu ma spécialité.

/ Amandine /

Caracas, je me rappelle… J'allais perfectionner mon espagnol à l'université des Andes, tu te rendais aussi à Mérida où tu devais rejoindre tes amis, faire avec eux le tour du pays.

Plus tard, tu m'as avoué m'avoir remarquée dans l'avion. Pas moi : j'ai trop peur dans les airs. À l'aéroport, tu m'as proposé un taxi jusqu'en ville, en ville un restaurant, au restaurant une chambre d'hôtel. Je ne t'ai rien refusé. Puis nous avons pris le bus pour Mérida, souviens-toi, bus surchargé de nourriture, de bagages et de voyageurs empilés à l'intérieur et sur le toit, épave bringuebalante, musicale, colorée, dans laquelle nous étions tous gais…

Je n'ai pas suivi mes cours, tu n'as pas suivi tes amis. Ensemble, nous avons voyagé à nous en tourner la tête : cordillère, Caraïbes, Orénoque et Salto Ángel, des ranchs et des bananeraies, des Indiens yanomami dans la jungle, la mangrove en pirogue, des singes et des perroquets, des orchidées, du rhum, des fêtes partout et partout des places Simón-Bolívar…

C'était beau le Venezuela.

///

Combien au juste ? Quinze ans déjà.

/ Jade /

Maman a dit à mon petit frère : « On ne reverra plus papa. Il est monté au ciel avec les anges. » Antonin n'a pas compris. Il a demandé pourquoi papa ne l'a pas emporté avec lui, lui que papa appelait souvent : « Mon ange… » Maman n'a pas su quoi répondre. Sa gorge toute nouée. Elle serrait les dents. Comme elle j'ai le cœur gros. Mais je ne pleurerai pas. J'ai toujours obéi à papa et il a toujours dit qu'il ne fallait pas pleurer les morts, que pour les morts c'est pareil que pour les vivants, ça les rendait tristes de voir les gens tristes, heureux de voir les gens heureux. Il le disait beaucoup ces derniers temps, comme s'il se doutait que quelque chose allait arriver…

Ne pas pleurer, alors. Je suis sûre que papa nous voit.

///

De l'autre côté du trou, le fils du voisin me sourit, il me sourit depuis des semaines. Vrai qu'il a quatorze ans, deux de plus que moi, mais ça ne compte pas, je suis aussi grande que lui et puis son sourire… L'autre fois, j'ai refusé de l'accompagner à vélo jusqu'à la rivière. Je ne sais pas pourquoi, maintenant, j'ai envie de courir vers lui et de lui dire : « D'accord, d'accord, partons tout de suite ! »

/ Antonin /

Mais alors, il est où papa ? Dans ce trou en bas ou là-haut avec les anges ? J'y comprends rien. J'ai soif. Je boirais bien un Coca. Je m'embête. Je m'embête, je m'embête, je m'embête. Qu'est-ce qu'on attend pour s'en aller ? Dis maman, on s'en va ? Maman, me serre pas trop fort la main, tu me fais mal ! Pas drôles ces grandes personnes. Pourquoi elles ne disent rien ? Non, vraiment pas drôles, même ma sœur elle me fait pas rire aujourd'hui, ni hier, ni avant-hier, plus personne me fait rire depuis que papa est parti. Pourquoi on est là ? Sûr que les copains sont au foot.

///

Après ils vont reboucher le trou avec de la terre et alors il y aura des fleurs au-dessus, c'est comme avec les graines, papa m'a déjà montré, on les plante dans la terre et au bout de quelque temps, il y a des fleurs qui apparaissent, ou des salades, ou des oignons.

///

Peut-être que papa va repousser ?

/ Nécrophage le long du cercueil /

Si je savais mieux voler, je me serais posé là comme un papillon sur une fleur. Mais non, misérable rampant, j'ai dû franchir au péril de ma vie ces obstacles lourds et mobiles autour du trou, j'en tremble encore, et tout ça pour trouver quoi ? Un coffre parfaitement hermétique, j'ai beau en explorer chaque facette, me cramponner aux arêtes pour les parcourir tout du long, longer la jonction entre le couvercle et la boîte dans l'espoir d'y trouver un interstice où me faufiler, peine perdue, pas la moindre faille, ces modèles de luxe, une plaie ! Et toute cette bonne bidoche en décomposition qui fermente à l'intérieur…

Patience, mes cousins les termites, vers à bois, cochenilles et autres xylophages vont s'acquitter de leur tâche, quelques jours suffiront, alors seulement moi et mes congénères nous reviendrons pour passer aux réjouissances. Je voudrais y être déjà. Investir les lieux, attaquer par les yeux, entrer par la bouche si elle est encore ouverte, les autres orifices à défaut, d'un coup de mandibules crever la peau du ventre, exploser ses boursouflures et de sa panse m'en mettre plein la mienne, grignoter, grignoter, grignoter…

/ Oncle /

Léon. Cher neveu. Espèce d'andouille !
Toi qui aimais tant recevoir dans ta demeure famille, voisins, amis, qu'est-ce qu'il t'a pris d'élire domicile entre quatre planches ?

Toi qui avais le goût de la farce et de la saillie drolatique, des discussions animées et des fous rires collectifs, ça t'amuse de nous clouer le bec ?

Toi qui rebondissais sur tout, avec un incroyable sens de la repartie, tu n'aurais pas pu rebondir une fois encore, mais au sol, l'autre jour, plutôt que de t'aplatir comme une crêpe ?

///

Jacquot en face de moi. Le fou du village. Il gigote en tous sens, silencieux, de l'autre côté du trou. Nous en avions parlé à table, dimanche dernier, le dernier dimanche avec toi. Tu avais pris sa défense. Tu le trouvais drôle. Tu étais bien le seul. Dire que, pour une fois, tu n'étais pas parvenu à nous faire rire.

///

Je prends le pari que mon épouse lui tombe sur le râble, à la fin de l'enterrement, pour lui dire ses quatre vérités.

/ Tante /

« D'où l'expression "con comme la lune". On ne connaissait pas l'origine de la formule. Au moins, maintenant, on sait ! »

Léon était fier de sa trouvaille, dimanche au déjeuner. Ça ne m'a pas amusée. Je n'ai pas ri. Si j'avais su qu'il n'en ferait plus jamais, des blagues, je me serais décroché la mâchoire de rire. Mais l'envie n'y était pas. Toutes ces nuits de ciel sans nuages à être réveillée en sursaut, dès les premiers rayons de lune, par les cris du Jacquot, debout au milieu des tombes, gueulant comme un porc qu'on égorge, un loup-garou. Je n'en peux plus. Ses hurlements me glacent le sang. Me terrorisent. Je ne suis pas la seule à m'en plaindre. Sauf que les autres habitants du village n'ont pas leur maison qui jouxte le cimetière, comme la nôtre, avec une vue imprenable sur ses allées, depuis ma chambre à l'étage. Ce débile, je ne fais pas que l'entendre hurler à la mort, je peux le voir aussi, du moins son ombre portée, ce qui est encore plus effrayant.

///

Quelques secondes de silence, quelques minutes de recueillement, puis dispersion. Quand ils seront tous partis, j'irai à sa rencontre et j'essaierai de le raisonner... Pas facile de raisonner un fou...

Mais comme l'a dit Léon, s'il est *con comme la lune*, autant profiter de ma chance : cet après-midi, le soleil brille.

/ Jacquot /

Un jour, la nuit, un bonhomme avec une tête que je connais me croise près d'ici. Il me sourit, je le regarde, il me regarde, je m'approche, il s'approche, j'y crois pas, d'habitude, les autres, ils vont voir ailleurs si j'y suis. Il me dit : « Viens, j'ai un truc à te montrer. » Je le suis, on entre ici dans le noir, il lève la tête au ciel et il me dit : « Tu vois, ce disque blanc, immobile, là-haut ? C'est une soucoupe volante avec des extraterrestres dedans qui attendent un signal. Si tu les appelles fort et si tu insistes, les extraterrestres t'entendront. Alors ils viendront te voir… » Je demande si c'est vrai, il répond que oui, je le crois, j'appelle, j'appelle mais personne ne vient. Le bonhomme dit que c'est pas grave, que je devrai recommencer chaque fois que je verrai la soucoupe dans le ciel, qu'une nuit ça finira bien par marcher. Alors je fais comme il dit, j'appelle, j'appelle et pour le moment, rien, mais ça viendra.

C'est fou, ça, quand je crie, personne ne vient ici et quand je ne crie pas, comme maintenant, les autres, ils viennent tous. Les gens sont bizarres, parfois.

/ Maire /

Mes chers concitoyens,

Vous réclamez la restauration de l'église, la réfection des routes, un terrain de sport flambant neuf, des subventions pour les associations et des parterres de fleurs à chaque coin de rue... Vous réclamez beaucoup. Vous réclamez tout le temps. Et si vous preniez plutôt la bonne résolution d'arrêter de mourir ? Si pour dépoussiérer le patelin, vous commenciez par renoncer à retourner trop vite en poussière ?

Regardez alentour. Des dalles à perte de vue, des plaques commémoratives à tire-larigot : au train où vous rendez l'âme, ce village ne sera bientôt plus qu'un immense dépotoir d'ossements. Toujours plus nombreux sous les pierres. Toujours moins à la surface. Sans compter vos marmots qui nous quittent pour étudier en ville avant de quitter la ville pour chercher du travail à Paris...

Comble de malheur, le meilleur d'entre nous disparaît. Léon Léger, citadin revenu à la campagne, homme des villes redevenu homme des champs, contre-exemple exemplaire, s'en va à son tour et ne reviendra pas…

« Courage, restons ! » : mon slogan pour les prochaines municipales.

/ Député /

Mission accomplie, j'ai vu à peu près tout le monde, à peu près tout le monde m'a vu, j'étais plutôt bien placé à l'église, juste derrière la famille, opération rondement menée, mon secrétariat était prévenu, à la première occasion, m'envoyer ici en tournée, c'est un village qui meurt à petit feu, zone rurale en perdition, mais c'est aussi trois cents électeurs, par les temps qui courent, mieux vaut ne rien négliger, compatir donc, je compatis, je m'intéresse à vos problèmes, homme du terrain je suis à l'écoute de vos préoccupations, voyez, à la première occasion je descends parmi vous. À gerber!

Il va falloir y aller. C'est quoi, déjà, la suite des festivités? Ah oui! inauguration de la rocade ouest, brève rencontre avec les cégétistes de l'usine de chaussures qui va fermer, passage à la permanence pour signer des courriers, dîner chez le colonel… Beurk!

Ah! Et puis dès demain, faire le nécessaire pour étouffer ces niaiseries sur les circonstances du décès. Circonscription sérieuse, engagement résolu sur le chemin de la réforme, résultats pour bientôt, encore un effort ! Pas le moment de donner dans le rocambolesque ou la psychose : à six mois des législatives…

/ Nouvel arrivant /

La cambrousse, il est vrai. Rien à voir avec la capitale, j'en conviens. Commerces réduits à leur plus simple expression, vie associative faible à nulle, activités culturelles quasi inexistantes, admettons. Mais je ne regrette rien. Ma femme et mes enfants non plus. La nature généreuse. Les habitants sympathiques. Les vues imprenables et le calme absolu. La ville à près de trente kilomètres ? Bah, une demi-heure à peine, pas la mer à boire, j'en parlais tout à l'heure avec notre voisin à la grosse bedaine, Louis je-ne-sais-plus-comment, ingénieur en je-ne-sais-plus-quoi, lui aussi se tape le trajet. Nous ne sommes pas coupés du monde, loin de là, et puis nous allons saisir toutes les occasions, les messes, les kermesses, les concours de pétanque, les matches de foot, les enterrements, et à force, c'est sûr, nous nous ferons des tas d'amis !

Quant à ce Léon que je connaissais juste de vue et de réputation, je veux bien croire que c'était un type bien. Mais de là à prétendre – j'ai entendu dire ça – que c'est le village qui meurt avec lui !

/ Eugène /

J'aime bien tous mes clients, au comptoir, en salle, ceux qui viennent parler foot, les retraités qui s'emmerdent, les jeunes qui s'emmerdent aussi, les amateurs de cartes, les ronchons, les glauques, les graveleux, les cirrhosés et les fumeurs de Gitanes, je les aime tous mais mon préféré, c'était lui, c'était Léon. Je ne sais pas comment expliquer ça, comment dire… il créait une atmosphère, il reliait les gens entre eux. Il suffisait qu'il passe le pas d'une porte pour faire entrer avec lui la bonne humeur. Le café s'animait comme par magie, comme si mon gaillard détenait des pouvoirs surnaturels ou extraterrestres. Extraterrestres, oui, le mot est lâché, assurément moi je pense qu'il était touché par la grâce des petits hommes verts…

Il causait avec tout le monde. Il avait toujours des histoires pas possibles à raconter. À son arrivée, je lui servais une mousse sans mousse, bière bien blonde, du cul jusqu'au col comme il l'appréciait. D'une main, il levait son verre, de l'autre, il se frottait le ventre en disant : « Le bock, c'est la fortune, le bide, c'est l'héritage. À la vôtre, mes amis ! »

///

À la tienne, Léon.

/ Joueur de belote /

C'est chez l'Eugène que je l'ai connu, autour du tapis. Pas comme joueur, comme observateur. Il s'intéressait de près à nos affaires, ça lui plaisait de nous voir à l'œuvre. Au début, ça nous plaisait moins, à l'Edmond et à moi, vu que le Léon, y a pas à dire, c'était un fin limier, il n'a pas tardé à repérer nos petites astuces : sourcils froncés pour trèfle, lèvres pincées pour carreau, et j'en passe. Un type qui flaire si bien les combines des autres, pas possible qu'il ne soit pas un rien combinard sur les bords…

Pas un mot de la partie, pas une remarque de travers, sauf que chaque fois qu'on bidouillait, on avait droit à un sifflement admiratif, un clin d'œil complice, un coup de coude discret. Les premières fois, ça nous agaçait. À force, on s'est habitués. Il ne nous a jamais trahis. C'était juste pour participer, en quelque sorte.

///

J'avoue, Seigneur. Il arrive que je ruse. Mais attention, ce n'est pas pour moi, c'est pour l'Edmond, il a tendance à s'emporter facilement, c'est plus fort que lui quand il perd, belote ! il s'énerve, et avec son vieux cœur fragile, rebelote ! moi je dis qu'il ne vaut mieux pas lui donner trop de raisons de flancher du palpitant.

///

Et dix de der !

/ Edmond /

Jeudi soir, je sors du troquet avec lui. Il a l'air en forme, qui peut imaginer ? Un petit coup dans l'aile, certes, mais en forme. Il me demande où j'en suis de mes affaires. Je lui réponds que mes affaires à moi sont réglées depuis belle lurette, morne plaine, à part les cartes avec les copains. Il me dit qu'il se régale à nous regarder tricher. Je lui réponds que ce petit manège ne m'enchante pas, que j'accepte pour faire plaisir à l'Eugène qui ne supporte pas de perdre, que comme ça, ça lui donne l'impression que tout n'est pas perdu. Il me dit que rien n'est jamais complètement perdu. On se tait sur deux cents mètres. Je lui dis que je me sens vieux. Il me répond que c'est un éternel recommencement. Je lui dis que bon, peut-être, j'en sais rien. Je lui demande où il en est de ses affaires. Il me sourit. Il en sait trop sur leur compte, la prochaine fois qu'ils l'emportent, c'est pour le dernier voyage, qu'il me dit…

On s'arrête de marcher. Lui c'est sur la droite, moi sur la gauche. On se quitte, bonsoir, on repart, bonne nuit. Chacun sa route. Sauf que la sienne, depuis, elle est finie.

Ça me fait un choc. Honnêtement, je ne crois pas que je tricherai encore aux cartes. Le cœur n'y est plus.

/ Cousin de Paris /

Y a-t-il une vie après la porte de Saint-Cloud ?
Je n'ai rien contre les rats des champs mais je n'ai rien pour non plus. Simplement, nous ne faisons pas partie du même monde. Le leur est crotté, bestial, puant. Le mien, bétonné, humain et carbonique. Tout nous sépare. C'est dire si je n'ai pas compris pourquoi Léon est rentré au pays après ses études. D'accord, ils n'ont pas beaucoup bougé, parents et grands-parents, oncles et tantes, tous ou presque vivent encore dans les parages, indéracinables – indécrottables –, mais quand même, le plan « retour aux sources », « charme authentique de la vie champêtre », moi, ça me dépasse. Même pas un cinéma ! Même pas un McDo ! Sans parler de tous ces contes et légendes, elfes et farfadets, mare au diable et compagnie… J'ai même croisé une vieille sorcière tout à l'heure, la mère Ménard m'a-t-on dit, qui a commencé à me déblatérer de ces sornettes ! Sur lui. J'ai préféré l'ignorer.

Souvent quand je revoyais Léon, je lui demandais pourquoi il était revenu s'enterrer dans ce trou perdu…

Léon enterré dans ce trou perdu… Non, décidément, pas de vie après la porte de Saint-Cloud.

/ Mère /

Mal… Mal à l'intérieur… Mon corps, une douleur… Tête qui explose, la poitrine réduite à néant, mon cœur qui cogne, qui cogne, bruit épouvantable dans mes oreilles… Mes jambes… Mes jambes vont me lâcher…

///

Penser à autre chose… Respirer… S'écouter respirer… Ne penser à rien… Fermer les yeux…

///

Blanc… Oui, c'est ça, tout est blanc… Blanc comme neige… champ de neige… neige à perte de vue… ciel… nuage… mouton… nuage moutonneux… mouton dans les nuages… la brume… le brouillard… du coton… mes jambes molles, si molles… nuit blanche… page blanche… mur blanc… blanc sur blanc… l'éclat d'un néon, Léon, néant, non!… halo de lumière… soleil… soleil diffus…

mille soleils… partout la lumière… lumière laiteuse… douce… qui n’a pas de source… qui éclaire prodigieusement…

///

Son visage dans la lumière…

///

Mon fils…

///

Léon, es-tu au paradis ?

/ Commère du village /

On dit qu'il ne les a pas croisés par hasard au coin du bois, que ça faisait des années qu'il cherchait à entrer en contact avec eux, qu'il avait mis au point des machines étranges pour parvenir à ses fins. On dit ça.

On dit aussi qu'ils étaient devenus amis, qu'il leur avait enseigné notre langue, qu'il les avait emmenés à la pêche à la ligne, qu'il leur proposait parfois de dîner à la maison. On dit même qu'il leur aurait donné la recette de sa fameuse blanquette de veau. On dit de ces choses !

On dit qu'ils lui auraient ouvert le ventre au laser, juste pour voir, et qu'il en aurait gardé une belle cicatrice. On dit encore qu'ils lui auraient fait visiter la Lune, lui auraient présenté leur chef suprême, lui auraient donné des remèdes pour guérir des pires maladies.

On dit que c'était pas joli à voir, qu'il a dû faire une chute de plusieurs kilomètres, que c'est de sa faute s'ils l'ont largué de si haut, qu'il voulait en savoir trop, qu'à force ils lui en ont trop dit et du coup…

On dit.

/ Beau-père /

Un gendre bien sous tous rapports, irréprochable, pour sûr. Bonne éducation, bonne situation, bon vivant, toujours bien luné. J'aimais aller avec lui aux champignons, taquiner le goujon, jouer aux échecs, fumer un cigare, prendre un verre ou deux au comptoir en commentant l'actualité.

Au début, après le mariage, nous avions un peu d'appréhension, Bernadette et moi. Bernadette surtout. Il faut dire, quelle drôle d'idée de s'installer en pleine cambrouse, loin de tout, loin de nous, ça rimait à quoi ?

Puis nous leur avons rendu visite. Nous avons vu la maison, cette jolie ferme retapée de la cave au grenier, avec un goût exquis, de leurs propres mains. Les enfants qui avaient tant de place pour grandir. Les autochtones si chaleureux et accueillants. Et notre Amandine, radieuse, épanouie. Nous avons aussi fait la connaissance de sa famille, des gens délicieux. Ils nous ont réservé le meilleur accueil. Ils nous ont promenés à travers bois. Ils nous ont fait découvrir leur belle campagne. Et sa maman qui nous mitonnait des plats si savoureux !

///

Le gendre idéal... Mais quelle mouche l'a piqué de jouer un tour pareil à ma fille ?

/ Bernadette /

Ni l'heure ni l'endroit pour l'accabler, d'accord, mais quand même… Un gendre curieux, limite louche, pas très net faut avouer. Éducation douteuse, profession en rapport, bon buveur, gros mangeur, beau parleur, des sornettes à la pelle, on ne savait jamais si c'était du lard ou du cochon. Le courant ne passait pas entre nous.

Dès le mariage, j'ai senti que cette histoire se terminerait mal. Dans cet endroit loin de tout où il l'a amenée, comment aurait-elle pu s'épanouir ? Je le voyais bien lors de nos visites : grande maison impersonnelle, froide, enfants abandonnés à eux-mêmes dans la forêt ou au bord de la rivière, paysans bourrus, et Amandine qui tournait en rond. Sa famille ? Une bande de culs-terreux qui ne trouvait rien de mieux pour nous distraire que de nous trimballer des heures durant à travers champs, avant de nous faire bouffer des pommes de terre à l'eau !

///

Pas le gendre idéal… Maintenant que tout est fini, j'espère que ma fille va se décider à rentrer au bercail… Et vite.

/ Veuve Piéchu /

Au fond, depuis qu'il est mort, le mien d'homme, j'attends. Je m'installe à la fenêtre de la cuisine, je regarde dehors et j'attends. J'attends qu'ils passent, tout comme le temps. Les écoliers, les travailleurs, les hommes ivres, les femmes qui font leurs courses, les voitures, les vélos, l'ancien maire, le nouveau maire, le curé, qui est à la fois l'ancien et le nouveau, les chats errants, les chiens et leurs maîtres, les vaches et leurs vachers…

Et un jour Léon qui sort du talus derrière chez moi, l'œil hagard, le pas chancelant. On aurait dit qu'il venait de croiser le diable ou le bon Dieu. Une image que je ne suis pas près d'oublier, moi qui croyais que tout s'oublie…

C'était il y a quatre mois, à la fin du printemps. Le troisième dimanche de juin à sept heures du soir, précisément. Il venait de les rencontrer pour la première fois. « Ils sont verts ! Ils sont vraiment verts, madame Piéchu ! Je les ai vus ! » J'ai eu la primeur de l'information. Il s'agitait dans tous les sens. Moi j'étais là, assise à ma fenêtre, ahurie. J'ai voulu me lever pour lui ouvrir la porte. Il ne m'en a pas laissé le temps. Il ne tenait pas en place. Il est parti à grandes enjambées colporter la nouvelle dans le village. C'est comme ça que l'histoire a commencé.

Léon et les extraterrestres : seul véritable événement des vingt dernières années de ma vie.

/ Poète /

Léon, raide comme un piquet, horizontal, couché.
Moi, droit comme un cierge, vertical :

Debout

Prisonnier éternel de ces rectangles sombres
Moi aussi, tout comme lui, j'aurai pour univers
Quatre planches de bois recouvertes de terre
Locataire *ad vitam* du royaume des ombres

Je n'en reviendrai plus et quoi que vous pensiez
Ce sera bel et bien pour moi la fin du monde
Simple aller sans retour, la vérité profonde
Est qu'il n'y a plus rien, après. Je me rassieds.

/ Quidam qui tue le temps /

Léon Léger, léger comme l'air, l'air de rien, rien à cirer, cirer les pompes, pompe à eau, oh là là, l'hallali, liseron, ron, et ron, petit patapon, pont de pierre, pierre à feu, feu Léon, Léon léger, légèrement, menthe claire, l'héritage, agitations, si on partait, Parthénon, non on reste, estivant, vendetta, état de grâce, grâce à Dieu, Dieu ait son âme, hameçon, son et lumière, hier et aujourd'hui, aujourd'hui ou demain, demain peut-être, être ou ne pas, pas la peine, peine de mort, mort aux cons, qu'on en finisse, hissez les couleurs, couleur café, café crème, crème des hommes, eau minérale, ras-le-bol, bol de riz, rigolo, hologramme, ramasse-miettes, y es-tu, turlupin, pain de son, son de cloche, cloches de Pâques, à quoi sers-je, sergent-chef, chef de gare, gare au loup, loups en bande, bande de jeunes, jeune premier, premier amour, amour frivole, vol-au-vent, vent léger, Léger Léon.

/ BRIGADIER /

Le papy est assis sur le bas-côté, éberlué, on se demande s'il n'a pas pété les plombs. Il a stoppé un automobiliste qui nous a prévenus. Il nous attend, immobile, son long bâton de marche dans une main, son panier en osier rempli de champignons dans l'autre. Il confie son panier à mon collègue qui reste dans le fourgon. Je l'accompagne jusqu'à la carrière. En chemin, il me répète ce qu'il a vu. Je n'en crois rien, je pense que c'est un vieux radoteur qui nous fait perdre notre temps. Oui mais voilà. Nous arrivons. Alors je vois. Des organes éclatés, des morceaux aplatis de viande rouge sang, une bouillie de chairs et d'os enchevêtrés. Et au beau milieu de cette compote humaine, le visage étonnamment préservé de Léon Léger qui sourit. Je regarde ce visage qui me sourit, qui sourit aux blocs de marbre, aux fleurs, aux papillons, aux arbres, aux oiseaux, au ciel, et je lui souris à mon tour. Avant que l'effroi, la panique et la nausée ne se saisissent de moi, pendant une fraction de seconde, une éternité, allez comprendre, je rends son sourire à Léon Léger…

Le vieux me tape sur l'épaule avec son bâton, on fait quoi maintenant, retour sur terre, on ne touche à rien et on file prévenir les chefs.

/ Inspecteur de police /

Aucune hypothèse n'est écartée. Poursuivre le travail d'investigation, observer attentivement, recueillir les témoignages, attendre les conclusions du médecin légiste, recouper les informations dont on dispose et démêler peu à peu l'écheveau…

Un sacré pataquès, en attendant.

La piste de l'accident stupide ? Après tout, il a pu faire une mauvaise chute du haut de la corniche qui surplombe l'ancienne marbrière.

Celle du suicide par la méthode du saut de l'ange ? Il ne serait pas le premier dont on jurerait qu'il avait *tout pour être heureux* et qui pourtant… À ceci près qu'aux dires de ses proches, il n'avait pas seulement *tout pour être heureux* : il l'était.

Un meurtre atroce ? On l'aurait mis en charpie avant de dissimuler le corps au fond de la forêt. Ou poussé d'en haut, une chiquenaude et basta… Reste à trouver un mobile au crime, ce qui n'est pas une mince affaire : on ne lui connaissait pas d'ennemi.

Quant à ces colporteurs de ragots grotesques… Soi-disant des extraterrestres qui lui auraient réglé son sort… Bref, passons.

///

Les tenir à l'œil, tous. Surveiller l'assistance. Mon petit doigt me dit qu'on l'a sauvagement massacré, démembré, pulvérisé, anéanti et que l'assassin n'est pas loin, mais alors pas loin du tout.

/ Dévote /

Je vous salue Marie pleine de grâce, le Seigneur Notre Père qui est aux cieux, que son nom soit sanctifié, que son règne vienne, que sa volonté soit faite, sur la terre comme au ciel, est avec vous, vous êtes bénie entre toutes les femmes et Jésus le fruit de vos entrailles qui nous donne aujourd'hui notre pain de ce jour est béni.

Sainte Marie Mère de Dieu qui pardonne nos offenses comme nous pardonnons à ceux qui nous ont offensés priez pour nous pauvres pécheurs et ne nous soumettez pas à la tentation mais délivrez-nous du Mal maintenant et à l'heure de notre mort pour les siècles des siècles.

///

Je me serais pas un peu emmêlé les pinceaux, par hasard ?

///

Allez. Amen.

/ Camarade de classe /

Maternelle, élémentaire... Le primaire côte à côte, sur les mêmes bancs.

À partir du cours moyen, depuis la fenêtre de ta chambre, tu guettais mon passage dans la rue. Quand je me pointais à hauteur de chez toi, tu descendais me rejoindre. Ensemble nous prenions le chemin de l'école...

La maîtresse t'avait à la bonne. Plus qu'un simple élève, tu étais pour elle une sorte de bras droit, animateur en second désigné pour la suppléer quand elle organisait des jeux ou racontait des histoires. « Léon, tu nous rappelles les règles ? » « Léon, veux-tu nous dire comment cette fable se termine ? » Tu débordais d'imagination. Tu captivais ton assistance au-delà des attentes de Mme Villain. En échange, elle t'accordait quelques complaisances dont nous tirions tous profit. « Madame, on n'a pas fini notre partie de foot, c'est possible de rester dehors dix minutes de plus ? » Et la récré se prolongeait d'un bon quart d'heure...

Fin de la récré. Fin des prolongations. La vie nous a séparés. Puis elle s'est séparée de toi. Content d'avoir été ton pote, Léon…

/ Mme Villain /

Bouh-ouh-ouh-ouh, ce que je suis malheureuse ! Enfant, il était si gentil, si mignon, un adorable bout de *chou-ouh-ouh-ouh*… Des comme lui, en trente-cinq ans de carrière, je n'en ai pas eu *beaucoup-ouh-ouh-ouh*… Même en grandissant, il est resté si gentil, si mignon et tout et *tout-ouh-ouh-ouh*…

Je ne peux pas m'arrêter de pleurer, j'essaie mais je ne peux pas, c'est trop affreux qu'il soit parti avant *nous-ouh-ouh-ouh*… Demain, je vais être la risée de mes élèves, ils m'auront vue verser des larmes, moi qui joue d'ordinaire les dures, qu'ils pensent ce qu'ils veulent je m'en *fous-ouh-ouh-ouh*… D'ailleurs, je me fous de *tout-ouh-ouh-ouh*… Avant, du temps de Léon, l'institutrice était une personnalité qu'on respectait, maintenant, tous des *voyous-ouh-ouh-ouh*… Je me sens dépassée, vieille et moche, je ne vaux plus un *clou-ouh-ouh-ouh*… Ce que je suis malheureuse, il est mort, mon *chouchou-bouh-ouh-ouh*… *ouh-ouh-ouh*…

/ Petite amie d'enfance /

Des jardins fleuris, des prés et des arbres géants… Des poules, des cochons, des bêtes à cornes et une mare aux tritons… Des semailles, des moissons, les vendanges et le rythme des saisons… L'innocence de nos huit ans, de nos dix ans, nous virevoltions, gambadions, batifolions… C'était beau, c'était bien… Tu étais drôle, gai, inventif, aventureux, mon prince charmant, mon Tarzan, mon Bozo le clown et mon Peter Pan à la fois.

L'amour ? Un jeu d'enfants. Nous nous donnions la main pour imiter les grands. Notre premier baiser était « pour voir comment ça fait ». Nous nous étions promis l'un à l'autre pour l'éternité mais aux « Je t'aime » nous préférions : « Si on allait à la pêche aux grenouilles ? »

///

Époque bénie, baignée d'insouciance et d'humeur folâtre, époque lointaine et révolue, nous nous sommes quittés, des siècles se sont écoulés, aujourd'hui c'est toi qui nous quittes et quand on me demande où j'en suis de mes amours, je réponds : « À la page déchirée… »

///

À quand l'invention de la machine à remonter le temps ?

/ Petite amie d'adolescence /

Les copines en crevaient de jalousie – important, la jalousie des copines, à seize ans. Elles auraient aimé occuper mon enviable position, alors que je ne l'aurais cédée pour rien au monde. Tu m'avais lutinée avec tant d'ardeur et d'entêtement !

De la poudre aux yeux, du vent et des paillettes, assurément. Mais je m'étais laissé bluffer par ton sens de la repartie, embobiner par ton sourire ravageur, flatter par ces délicates attentions qui faisaient de moi l'élue de ton cœur. Et de toi – comment aurais-je pu le deviner ? – le bourreau du mien.

Tu m'as quittée pour une autre au moment où je commençais à y croire pour de bon. Sans scrupule. Sans explication. Pour varier les plaisirs. Parce que la seule méthode que tu n'aies jamais éprouvée pour te délivrer d'une tentation était d'y céder allègrement...

Difficile de se remettre d'un chagrin d'amour quand c'est le premier. J'étais désespérée. Accablée. Brisée. En miettes. Je voulais mourir.

Aujourd'hui, ce n'est plus qu'une histoire ancienne, vieux souvenir déterré alors que c'est toi qu'on enterre, mais à l'époque, si j'en avais eu la force et le courage, je t'aurais volontiers massacré.

Laquelle de tes innombrables conquêtes s'en est donc chargée à ma place ?

/ Doyen /

Le fauteuil d'honneur, chaque année à carnaval, sur le premier char qui ouvre le corso fleuri… Le salut des autorités aux porte-drapeaux à l'issue des cérémonies commémoratives… Les sollicitations dans les écoles, que tu ne peux pas refuser, pour apporter ton témoignage sur la reconstruction d'après-guerre… La bonne vieille recette de la gnôle qu'on te demande à tout bout de champ, vu que désormais on n'a plus le droit de distiller… Les conversations chiantes avec ces bandes d'ignares persuadés que « c'était mieux avant » alors qu'ils n'y étaient pas… Les compliments sur ma forme alors que mon corps est une douleur…

De cela, au moins, tu seras épargné, fiston. Et de tout ce qui va avec. Quand ça commence à lâcher de partout, à se rabougrir, à se déglinguer, les dents et les os, l'ouïe et la vue, le souffle, le sommeil, la mémoire, la marche qui devient pénible et les forces qui manquent pour ouvrir un bocal de cornichons… Tu ne connaîtras pas ça, mon gars.

L'âge ultime. Celui qui te fait entrer dans la catégorie des vieux qui pissent sur les merdes des chiens.

///

Je n'y tiens plus… Ça ne va pas tarder… Si je ne peux pas me soulager dans les cinq minutes qui viennent, je fais dans mon pantalon.

/ Femme du couple d'amis /

Ils formaient un couple si uni, si impeccable ! Lui se donnant en spectacle à la première occasion et Amandine qui applaudissait. Excellente dans son rôle de présentatrice de one-man-show. Irréprochable comme metteuse en scène et en vedette des facéties de son cher époux. « S'il te plaît, chéri, raconte-nous l'histoire de… » Et c'était parti. « C'était quand déjà, cette fameuse journée où tu… ? » Et il enclenchait. Exubérant et joyeux à souhait, l'ami Léon, maître ès captage d'attention, prenait alors le relais : un régal. Amandine, suspendue à ses lèvres, rayonnait de bonheur. Buvait ses paroles. Jubilait. Relançait les débats en cas de besoin… Absolument parfaits ensemble, c'est pourtant simple, j'aurais voulu déceler la plus petite anicroche, le moindre signe extérieur de discorde entre eux, je n'y serai pas parvenue…

Pauvre Amandine… Comment va-t-elle s'en sortir maintenant, seule dans cette immense maison avec sur les bras deux enfants ?

/ Homme du couple d'amis /

On aimait bien les recevoir chez nous, ils aimaient bien nous recevoir chez eux, on passait toujours des moments agréables ensemble, on s'entendait bien… Les femmes entre elles, surtout. Lui, je l'ai toujours trouvé… comment dire… envahissant. Il n'envahira plus personne désormais.

///

Tout de même. Il part si jeune. Et Amandine ! On ne peut pas la laisser seule dans un tel état. Oui, voilà, c'est ça : à la fin de l'enterrement, on ira la voir et on lui proposera de venir dormir à la maison…

Enfin… Pas ce soir, on reçoit la belle-famille à dîner.

Demain ? Difficile, on emmène le gamin à sa leçon de piano et la petite à la danse.

Ce week-end ? Impossible, on est invités dans la maison de campagne de nos amis pharmaciens.

Lundi, peut-être ?

///

Bah, le mieux, pour commencer, serait encore de demander aux parents d'Amandine ce qu'ils prévoient dans les prochains jours pour leur fille.

/ Enfant de chœur /

Fatigué, marre, ras-le-bol, ras la soutane, déguerpir, décamper, j'étouffe dans cet habit étriqué, ce costume de clown triste prévu pour un bébé de dix ans alors que j'en ai quatorze, je n'en peux plus de tout ce tralala, bénitier, confessionnal, autel, psaumes, missels, orgue, hosties, processions, vin du calice et le reste…

Comment le curé fait-il pour tenir le coup depuis quarante ans ? Et quand est-ce qu'il va me trouver un remplaçant ?

Le pire, c'est les enterrements, ce qu'on s'ennuie aux enterrements, c'est mortel…

Le pire des pires, c'est dans les cas comme aujourd'hui, la foule des grands jours, pas le droit à l'erreur, avec en plus papa et maman dans l'assistance qui me surveillent, qui m'attendent au tournant et qui ne me rateront pas à la moindre bourde.

///

Seigneur, prends pitié de moi… Tu ne veux pas la raccourcir un peu, cette minute qui n'en finit pas ?

/ Curé /

Top chrono ! Le compte à rebours est lancé ! Posture contemplative, mains croisées sur le ventre, le regard clos… Mes chères ouailles, je vous accorde soixante secondes pour méditer sur le sens de la vie, la mort de Léon Léger, le programme télé du soir, le temps qu'il fera demain ou n'importe quoi d'autre au choix, je m'en fiche éperdument. Soixante secondes et même un peu plus, j'ai vraiment besoin de souffler quelques instants. J'ai tout donné, tout à l'heure, et je me sens las, comprenez, je n'en suis pas à la première, loin de là, mes minutes de silence, je les compte par centaines…

///

Impressionnant. Presque tous les habitants du village sont présents… J'espère n'avoir pas été trop mauvais durant l'office… Si seulement j'étais entouré d'un personnel motivé et compétent : l'organiste joue faux à cause de son arthrose aux doigts, plus personne ne veut diriger la chorale et je n'arrive pas à trouver un successeur à ce grand dadais d'enfant de chœur qui traîne les pieds à longueur de cérémonies…

///

Attention ! C'est bientôt l'heure… Le compte à rebours s'achève… J'en reprendrais bien pour une minute mais vous risqueriez de croire que je dors debout… Phase terminale, donc… dix, neuf, huit… responsabilité qui m'incombe… sept, six, cinq… vous ramener à la réalité… quatre, trois… vous sortir de vos songes… deux… pardon d'avance… un… vous êtes prêts ?… zéro… C'est à moi.

/ Mère Ménard /

Moi, mère Ménard, saine de corps et d'esprit, d'esprit surtout, rapport à mes vieux os, déclare sur l'honneur avoir vu de mes yeux vu le gars Léon Léger transformé en homme vert.

Par une nuit de pleine lune en juillet dernier… J'en frissonne encore rien que d'y penser… Autour de minuit, je bouturais des géraniums dans mon jardin, c'est par nuit de pleine lune que les boutures prennent le mieux. Quand soudain je vois surgir le gars Léon d'un buisson. Vert. Léon, pas le buisson. Enfin, le buisson aussi mais il faisait nuit noire. Léon, donc. Vert fluorescent. D'un vert plus luisant qu'un ver luisant. La peau verte, les habits verts, auréolé d'une sorte de halo vert, éclairé en vert, vert de la tête aux pieds, quoi !

Il sort du buisson et il lâche : « Comment ça va, mère Ménard ? » Je reste bouche bée… « Ne vous inquiétez pas, je ne fais que passer. » Bras ballants… « Je reviens juste d'une rencontre un peu spéciale… » Pétrifiée… « Une rencontre du troisième type. » Oh ! « Vous ne me demandez pas où sont passés les deux autres, ha ! ha ! » Et il passe son chemin en ricanant…

D'abord j'ai cru que j'avais la berlue. Mais non. La mère Grattecul. Le père Chouin. D'autres encore… Vert. Léon Léger. En pleine nuit. Sous la lune. Nous sommes des tas à l'avoir vu !

/ Copain de lycée /

Je regarde Louis. Je regarde Ludo. Ils ne regardent personne. Ils se tiennent à quelques mètres du cercueil, mêlés à la foule, la tête basse, plongés dans leur tristesse, abasourdis. Comme ces deux-là doivent être malheureux !

Louis, Ludo, Léon. Trois inséparables que rien ne pouvait éloigner. Sauf la mort. Trois amis qui ne se sont pas quittés depuis le lycée. Ma place dans leur histoire ? Oh, peu de chose, un rôle de second, d'observateur complaisant de leurs facéties.

Je repense au jeu du lave-glace… Très pratiqué l'année du bac, quand Louis obtint son permis de conduire. Nous embarquions dans la voiture paternelle. Ludo orientait les deux gicleurs vers l'extérieur, côté trottoir. Léon s'asseyait à côté du conducteur. Louis au volant s'arrêtait à hauteur d'un passant. « Pardon, monsieur, la rue de la fontaine, s'il vous plaît… », demandait Léon. Le brave homme s'approchait, réfléchissait un moment, répondait, navré, qu'il ne connaissait pas. « Alors tant pis ! » entonnaient-ils en chœur. Et l'autre se prenait une rafale d'eau savonneuse dans l'œil pendant que la voiture redémarrait sur les chapeaux de roue…

Vingt ans après, j'en rigole encore.

/ Copain de fac /

Plutôt réussies, nos années de fac à Paris. J'admirais ton bagou, ton énergie à revendre, ton côté « jouisseur des choses de la vie ». Autant que ma compagnie, tu appréciais la qualité de mes copies, dont tu t'inspirais amplement à chaque devoir ou examen. Je me prêtais volontiers à ces jeux interdits grâce auxquels je m'assurais ta sympathie tandis que tu assurais ta licence. Chacun son domaine de compétence. Moi j'étais doué pour les commentaires de texte et les dissertations. Toi tu préférais la fréquentation assidue des terrasses de cafés à celle des bancs d'amphis, les travaux pratiques à la théorie, les émotions éprouvées à celles contenues dans les livres. Boire, manger, sortir, draguer. Le plaisir de séduire et d'être séduit. Pour toi, plus qu'un simple passe-temps : un sacerdoce… Deux approches différentes : j'étais dévoré par les études ; tu dévorais les étudiantes, du regard au moins…

///

Je n'ai pas le droit de me plaindre, Léon, pas en de telles circonstances, mon pauvre… Mais prof de français dans un lycée de banlieue, si tu savais ce que c'est déprimant !

/ Joueur d'échecs /

Ce jeu… Je ne le prendrais pas trop au sérieux? Je connais par cœur toutes les ouvertures, j'ai potassé des tas de manuels, suivi des cours, assisté à des conférences, participé à des tournois régionaux, nationaux… Rapporté au nombre d'heures consacrées, je devrais être champion du monde… La vérité? Je ne suis pas doué, voilà tout, je ferais mieux de raccrocher.

Léon, c'était le contraire, il prenait ça un peu trop à la légère. Jamais bien concentré, il gesticulait sans cesse, commentait la plupart des coups, papotait avec les spectateurs, bref, se fichait éperdument de gagner ou de perdre. Il ne pouvait concevoir les échecs sans cigare ni le cigare sans whisky, réclamant une nouvelle partie pour finir son havane, une rasade supplémentaire pour tenir jusqu'à la fin de la partie… Passé maître, si l'on veut, mais dans l'art de jouer aux échecs sans y jouer vraiment. Un usurpateur. Un comique. Un plaisantin. Sacré Léon!

///

Ce n'est pas avec lui que j'ai livré mes plus belles parties. N'empêche. J'aimais bien jouer avec lui.

///

C'est décidé, je renonce aux échecs… Avec qui je vais fumer des cigares et boire des whiskies, maintenant ?

/ Flirt de fac /

« Lettres classiques ? Mais je n'ai rien de l'être classique ! » Et tu tournais le dos à la salle de cours, irrésistiblement attiré par les sentiers de l'école buissonnière...

« C'était quoi, cet après-midi ? Littérature comparée ? Oh oui ! comparons nos littératures ! » Et tu t'approchais du bureau où je travaillais pour me donner des baisers dans le cou, sur les épaules...

J'étais emballée par ton caractère rebelle, anticonformiste, rehaussé d'une pointe d'humour bien à toi. Avec, en plus, cette jolie petite gueule d'ange, comment aurais-je pu te résister ? J'avais des envies de séquestration, t'emprisonner dans mon studio, te garder pour moi seule. Tu étais intenable, tu n'avais pas encore, comme tu disais, « fait le tour de la question », ta période touche-à-tout n'était pas achevée... Je savais que ce n'était qu'un flirt, que ça ne durerait pas. Ça n'a pas duré. Une petite sotte a pointé le bout de son nez et m'a ravi la vedette. Elle était en classe avec nous. Elle s'appelait Mathilde, je crois...

///

Ce ne serait pas elle que j'aperçois, là-bas, au beau milieu de la foule ?

/ Amie de Mathilde /

Mathilde ma chérie, ce n'est pas possible, ce n'est pas raisonnable, vingt ans après, comment peux-tu te mettre dans des états pareils ?

Regarde-toi, les yeux bouffis, le teint blafard, tu hoquettes, tu sanglotes, tu gémis, tu fais peine à voir. Tu ne crois pas qu'il serait temps de passer à autre chose ?

Lui t'a aimée une nuit, une semaine peut-être. Toi tu n'as jamais cessé. À la folie. Au point de lui écrire des dizaines et des dizaines de lettres restées sans réponse. Jusqu'à te rendre régulièrement dans ce village pour l'espionner en douce ou chercher à rétablir le contact avec lui, sans succès. De retour à Paris, dépitée, détruite, effondrée, tu perdais l'appétit, prostrée dans ton appartement. Tu voulais mourir. D'autres fois au contraire, tu revenais en furie, déchaînée, la rage au ventre. C'est lui que tu voulais trucider, lui qui te faisait tant souffrir…

Passion destructrice… Refrain éternel… Le jeu en valait-il la chandelle ?

« Mon amour pour Léon, à la vie à la mort ! » disais-tu.

///

Mathilde rassure-moi : ce n'est quand même pas toi qui as fait… *ça* ?

/ Chat du cimetière /

Miaou. Miaou miaou miaou.

Quel bonheur de vivre dans un tel endroit, jouer à cache-cache avec les moineaux entre les croix, respirer les parfums des chrysanthèmes, se dorer la pilule sur les blocs de granit, et ce silence apaisant... Une vraie vie de chat !

Seul inconvénient, quand les bipèdes se déplacent en troupeaux dans les allées, ils font fuir les souris et quand les souris ne sont pas là, c'est bien connu, moi je ne danse pas...

Bon, on ne peut pas tout avoir, au moins je profite de cette forêt de jambes pour faire le dos rond, m'y frotter les flancs, je n'ai que l'embarras du choix, mollets fermes, dodus, musclés, secs, velus ou satinés, c'est agréable à un point, j'en ai la moustache qui frise et les poils de partout qui se dressent de plaisir !

Ronron. Ronron ronron ronron.

/ Médecin du village /

Généraliste à la campagne, je vous jure, faut avoir la santé ! J'aurais passé mon internat, choisi une spécialité genre ophtalmo ou dermato, je me serais installé en ville, et hop, jackpot ! Mais non, je m'étais mis en tête que j'avais la fibre rurale, quel idiot ! Résultat, cinq villages pour moi tout seul, autant de kilomètres qu'un représentant de commerce, les routes verglacées en hiver, les coups de fil dans la nuit, les mourants à veiller, les poules ou les cochons qu'on me demande de soigner aussi, la concurrence des remèdes de grand-mère... Une vie de dingue !

///

La dernière fois qu'il m'a consulté, Léon Léger, c'était en juillet pour une banale contracture musculaire. En l'auscultant, je me souviens avoir découvert une drôle de cicatrice, longue de dix centimètres, au bas du ventre. Son explication ? « Ne vous inquiétez pas, docteur, ce sont juste mes amis les Martiens qui m'ont ouvert pour voir à quoi on ressemble à l'intérieur… » Qu'est-ce que je pouvais répondre à ça ?

Vie de dingue au pays des fous… Je crois que je vais reprendre un cachet.

/ Facteur /

Deux fois plus de temps pour boucler ma tournée, depuis que c'est arrivé. C'est qu'on l'aimait bien, le Léon, alors les commentaires vont bon train dans les chaumières, « dangereux de se promener autour de la carrière », « sûr, il aurait fallu construire un garde-corps au sommet », « des ovnis de par chez nous, ma parole, il est tombé sur la tête », « parfaitement, même qu'il les rencontrait régulièrement », « de la chair à saucisse, pauvre Léon », « moi je parie qu'il y a une histoire de fesses là-dessous », « vous reprendrez bien un verre ? » Bref, à part ma cirrhose, on n'est guère plus avancés.

Pour ce qui me concerne, je sais juste une chose : il recevait des lettres d'amour. Facile à reconnaître : écriture appliquée, joli papier épais, parfumé parfois… Toujours la même personne qui les envoyait, pas à son domicile, à son adresse professionnelle. Combien de fois me suis-je fait la réflexion : « Tiens, encore une pour le Léon ! »

Personnel mentionné en caractères gras au recto et au verso, l'expéditeur, de mémoire : *Mathilde M… Paris.*

/ Homme qui vient nettoyer une tombe /

Bon, c'est leur minute de silence, allez, je ne bouge plus, je me calme, je pose la serpillière, la balayette, les pieds par terre et je respire par le nez : c'est ma minute de repos.

Quand même. Un arbre. Un seul arbre pour tout le cimetière et il a fallu que ça soit pour ma pomme, que la tombe de mes aïeux se trouve pile en dessous, ah ça on peut le dire que ça *tombe* mal ! Et pas n'importe quoi comme arbre, saule pleureur bien sûr, centenaire je parie, de ceux dont suinte une indécrottable sève qui poisse au printemps et par cette saison, allez, je me calme, des couches de feuilles mortes mais des couches de feuilles mortes, mes aïeux, c'est comme si chaque automne la nature célébrait pour vous un nouvel enterrement !

///

Pas bientôt finie cette minute ? C'est que j'ai la balayette qui me démange !

/ Associé /

Un pari fou, une aventure exaltante, un succès inespéré. Je n'oublierai pas, Léon. Je n'oublierai pas que c'est toi qui en es à l'origine. Toi qui reluquais depuis l'enfance ce vieux moulin à papier, délabré, au bord de la rivière. Toi qui eus l'idée de le retaper, de réparer ses équipements pour relancer la production artisanale de papiers de luxe au moyen de procédés ancestraux. Toi qui m'as entraîné dans cette entreprise incertaine où nous risquions gros, pour laquelle nous avons commencé par endosser les casquettes d'acheteurs, de vendeurs, d'ouvriers, de comptables, de livreurs, de publicitaires tout à la fois.

C'est une belle affaire, Léon, je vais tâcher d'être à la hauteur, promis, de reprendre le flambeau, seul, de ne licencier personne, si possible. Je ne sais pas si j'aurai les épaules assez solides mais chaque feuille qui sortira des presses me donnera du courage car j'y lirai en filigrane : *À mon ami qui n'est pas mort puisque la papeterie est en vie.*

/ Employé à la vente /

Perfectionniste, enthousiaste, volontaire, un amoureux de la belle ouvrage, du travail de qualité, passionné par les beaux papiers et les papiers rares, chine, hollande, japon, vélin, moiré, vergé, exigeant mais dans la joie et l'allégresse. Il m'envoyait aux quatre coins de France pour présenter nos articles dans les magasins ou fidéliser nos acheteurs. Moi, j'ai toujours eu le cœur en liesse de sillonner les routes, comme ça, pour de si jolis produits, après tout, dans le monde du papier, j'aurais aussi bien pu me coltiner des rouleaux pour l'hygiène intime.

Il se réservait les ventes sur Paris. S'y était constitué un important courant d'affaires. S'y rendait au moins deux fois par an pour rencontrer les clients. La capitale était sa chasse gardée. Pour rien au monde il ne l'aurait cédée. M'est avis qu'il y avait anguille sous roche pour qu'il y tienne à ce point. « Que voulez-vous, j'ai un faible pour les belles boutiques parisiennes… », me disait-il comme s'il avait besoin de se justifier. Pas plutôt pour les belles Parisiennes tout court ?

/ Employé à la fabrication /

Qu'est-ce qu'on va devenir sans le patron ? C'est lui qui avait acquis ce savoir-faire fondé sur des techniques anciennes, lui qui nous a appris le métier sur le tas, les chiffons mis à pourrir dans l'eau, battus et déchiquetés par les maillets de bois actionnés par le moulin, la pâte stockée dans les cuves, reprise dans les tamis soutenus par des tranchefiles, l'eau qui s'égoutte, la feuille humide et molle qu'on dépose sur un feutre bien sec, les feutres empilés et pressés, les feuilles reprises une à une, collées dans un bain de gélatine, repressées puis mises à sécher sur les étendoirs, puis satinées entre deux feuilles de métal… À la fin des opérations, contemplant le résultat, il poussait parfois un soupir de satisfaction, avant de s'exclamer fièrement : « L'avenir est une page blanche ! »

///

Sauf votre respect patron, l'avenir, il est plutôt sombre sans vous.

/ Secrétaire /

Je ne suis pas dupe. Il m'appelait son assistante de direction. En vérité, j'étais sa bonne à tout faire… Cela dit, je ne m'en plains pas, pour le chef j'aurais fait n'importe quoi. Enfin, dans la limite de l'acceptable, en aucun cas je ne me serais aventurée sur le terrain de la gaudriole ! Ce n'est pas l'envie qui me manquait, aujourd'hui je peux bien le confesser. Mais une telle concurrence ! Tant de femmes qui lui tournaient autour, soudain intéressées par la fabrication artisanale du papier… Cela dit, il ne cédait à personne. Du moins, en apparence. Sa consigne : « Ne jamais mélanger vie professionnelle et vie privée ! »

///

Concernant une certaine Mathilde, en particulier : « Si elle m'appelle, je ne suis pas là. Pour elle, je ne suis jamais là, c'est entendu ? » J'ai toujours fait selon son souhait. Même quand elle s'est présentée à plusieurs reprises au moulin pour le voir, tandis qu'il la fuyait par une porte dérobée…

///

Sauf aujourd'hui. Aujourd'hui, c'est un peu tard. Il ne la fuit pas. En même temps, elle ne lui court plus après…

///

Pourtant elle est là. Je la vois. Sanglotant dans la foule…

/ Journaliste de la presse locale /

Demain dans le journal :

« Les obsèques de M. Léon Léger, entrepreneur en papeterie, ont été célébrées hier en présence d'une foule considérable. Au terme d'une messe d'enterrement très émouvante, la cérémonie s'est achevée dans le cimetière du village par le respect d'une minute de silence en mémoire du défunt.

Âgé de quarante-quatre ans, marié et père de deux enfants, Léon Léger était un personnage haut en couleur très apprécié de la population, tant pour son engagement dans l'économie locale que pour son implication dans l'animation de la vie communale. Sa gentillesse et sa jovialité auront marqué bien des esprits, tout comme son tempérament imaginatif et fantasque. Dernière facétie en date : aux dires de nombreux témoins, il aurait affirmé entretenir depuis plusieurs mois des relations régulières avec un groupe d'individus en provenance d'une autre planète.

Le corps sans vie de M. Léger avait été retrouvé, lundi dernier, dans la marbrière désaffectée de la forêt. Une enquête sur les circonstances exactes du décès est en cours. »

/ Commissaire de police /

Résumons. Un cadavre, sa femme, ses enfants, sa famille, sa belle-famille, des amis, d'anciens amis, des connaissances proches, d'autres plus lointaines, un village avec ses commerçants, ses élus, ses notables, des petits vieux, des petites vieilles, des veufs, des veuves, des voisines, des voisins, un fou (des tas de fous), des radoteurs, des qui savent tout, des qui voudraient tout savoir, des qui en savent plus qu'ils ne disent, des qui n'en pensent pas moins, des histoires extravagantes, des témoignages contradictoires, des hypothèses multiples : le foutoir !

Si seulement, oh oui, si seulement je pouvais lire dans leurs pensées. Ne serait-ce qu'une minute !

///

Il y a l'ouïe. Il y a la vue. Mais rien de tel que l'odorat... Humer. Renifler. Se fier à son flair. Dans une telle affaire, sans flair rien à faire. Et mon flair à moi, il me dit quoi ?

///

Il me dit que je ferais mieux d'aller voir un allergologue ou un oto-rhino.

/ M. Moulinier /

« Citoyen mitoyen, mes respects du matin ! » : sa façon à lui de me dire bonjour… Le voisin rêvé, à ce point fréquentable qu'il m'arrivait de rôdailler le long du mur qui nous sépare juste pour le surprendre dans son jardin et tailler une bavette avec lui.

Une seule fois une seule, je n'ai pas osé l'aborder. Il y a trois semaines environ. Il était assis sur la margelle de son puits, le visage marqué d'un horrible rictus, recroquevillé dans une posture bizarre, refermé en quelque sorte sur lui-même, se tenant la tête d'une main et de l'autre le ventre… Une espèce de *Penseur* de Rodin, version « accablé par la douleur » ou « anéanti par les tourments ». Ça m'a fait drôle de le voir dans cet état. J'ai hésité et finalement j'ai songé qu'il n'aimerait pas être dérangé alors j'ai filé en douce. Tout était rentré dans l'ordre dès le lendemain. C'était reparti pour son « Citoyen mitoyen, mes respects du matin ! » Cette joyeuse rengaine va me manquer. *Il* va me manquer…

Le voisin rêvé, Léon Léger… Et si, dans mon testament, j'ajoutais un codicille pour demander à être enterré dans le caveau à côté du sien ?

/ Mme Moulinier /

Est-ce que je sais, moi, de quoi il est mort, la police me demande, elle interroge tout le monde, il paraît, alors les voisins, forcément, l'inspecteur me demande, donc je lui réponds que j'en sais rien, moi, je n'étais pas sur les lieux du… de sa mort, il note dans son calepin, quel intérêt de noter puisque je ne sais rien, moi, mais bon, il note, et demande encore, ce que je sais de lui, cette fois, de sa famille aussi, ce que je sais, moi, pas grand-chose, mon mari l'aimait bien, moi, je n'avais rien contre, inspecteur, loin de là, et Mme Léger, une femme charmante, des enfants et une maison en rapport, et voilà, c'est tout, c'est fini, il referme son calepin, se lève, merci, au revoir, ah, encore ceci, c'était un charmeur, il paraît, un homme qui plaisait aux femmes, dit-on, est-ce que je sais, moi, vous ne pensez tout de même pas que je suis allée voir, inspecteur, moi, une femme mariée et tout, bien sûr, bonsoir.

///

J'aurais pu lui dire le fond de ma pensée, à l'inspecteur, mais au fond, le fond, ça aurait servi à quoi, à rien, si j'avais dit la vérité, qu'en vérité, Léon Léger, bel homme comme il était, comment dire… Il m'aurait fait des avances, je n'aurais pas reculé.

/ Fils Moulinier /

J'ai entendu maman, tout à l'heure, dans l'église, avec la boulangère. Elle commandait une charlotte aux fruits rouges pour demain. Demain, c'est mon anniversaire. Quatorze ans. J'avais prévu de l'inviter, peut-être même qu'elle aurait accepté de venir ? Pas sûr, l'autre fois elle n'a pas voulu m'accompagner à vélo jusqu'à la rivière. Mais là, quand même, elle n'aurait pas pu refuser, ça ne se refuse pas un anniversaire. Et maintenant, tout est fichu, son père est mort, Jade ne viendra pas et je n'ai plus envie de fêter mon anniversaire. Je ne le fêterai pas demain.

Comme elle est triste ! Triste et si belle avec ses grands yeux bleus et ses longs cheveux dorés. Triste et belle, belle à pleurer. Elle se retient de fondre en larmes. Moi, si mon père mourait, je fondrais en larmes. Mais elle, non, elle se retient. Comme elle est courageuse ! Courageuse. Triste. Et si belle !

///

Je sais qu'elle sait que je la regarde. *Regarde-moi ! Regarde-moi au lieu de baisser les yeux ! Je t'en prie, regarde-moi !*

///

Ça y est ! Elle me voit. C'est moi qu'elle regarde. Qu'elle a l'air triste… Et qu'elle est belle… Mais qu'est-ce qu'elle est belle…

///

Dis, on prend nos vélos et on se tire au bord de la rivière, rien que tous les deux ?

/ Petit frère /

Un cran en dessous, j'ai toujours été un cran en dessous de lui. Je ne l'ai jamais complètement admis mais enfin, c'est ainsi. En dessous par la taille, cinq centimètres de moins, insupportable quand je marchais à ses côtés dans la rue. En dessous par le verbe et l'esprit, des idées pitoyablement engluées, et la nullité de ma repartie tandis que lui, brillant, partout, tout le temps. En dessous pour plaire et pour séduire, des vieilles méthodes usées, ridicules de conformisme et d'inopérance par contraste avec son art parfaitement maîtrisé de déballer les mots qu'il fallait pour emballer.

///

En dessous, toujours un cran en dessous de toi, Léon, oui, mais voilà grand frère, l'époque est révolue, trépassée, finie, à partir de maintenant, c'est toi qui es en dessous, en dessous du niveau du sol, en dessous de moi et de tout le monde, *ad vitam æternam*, et là, pas de quoi pavoiser, franchement, j'aurais préféré que tu restes encore de longues, longues, longues années au-dessus.

/ Grande sœur /

Reconnais qu'en général, j'ai été bon public. Tes histoires insolites, frérot, merveilleuses ou drôles, tes vertes et tes pas mûres, tes pas piquées des hannetons et les autres, globalement, je leur ai réservé le meilleur accueil. Mais celle-là, non. La thèse des extraterrestres, excuse-moi, tu ne me la feras pas gober. Trop facile. Trop cousue de fil blanc. Ressassée avec trop d'insistance, limite lourdingue. Tout juste potable pour amuser les péquenots, faire frissonner les lecteurs de magazines à sensation ou éveiller l'intérêt des complotistes. Mais pas moi.

Un truc ne tourne pas rond, frérot. Ça me tracasse. Tes bonshommes verts, tu nous les as sortis de derrière les fagots pour faire diversion, brouiller les pistes, à mon avis. Nous mener en bateau… Mais je ne marche pas. Je ne tombe pas dans le panneau. Je ne gobe pas ta dernière trouvaille. Ta dernière trouvaille, vois-tu, n'est ni une histoire vraie ni une farce grossière. Elle cachait autre chose. Une affaire louche ou grave, un mystère qui nous dépasse et que tu emportes avec toi…

Oui mais quoi ?

/ Pêcheur à la ligne /

– Commence à faire frisquet. On remballe, non ?

– Je vais mourir, Gus.

– On meurt tous un jour ou l'autre, Léon.

– Oui mais pas demain.

– Pourquoi, tu meurs demain ?

– Je ne sais pas encore. Demain ou après-demain. Ça dépendra du temps.

– Et tu meurs de quoi ? D'une arête de perche en travers de la gorge ?

– Gaffe, ton bouchon ! Il a coulé ! T'es dans la lune ou quoi ?

– Je ne suis pas dans la lune ! Mais tu me dis que tu meurs demain, alors forcément, ça me perturbe un brin…

– Bah ! On meurt tous un jour ou l'autre, Gus.

– C'est bien ce que je disais, Léon.

– Allez, on remballe. Commence à faire frisquet.

///

C'était samedi soir au bord de la rivière. Ça avait bien mordu. Nous avions dans la bourriche une douzaine d'ablettes, deux rotengles et trois brèmes. Je ne l'ai pas pris au sérieux. J'aurais peut-être dû. Ça aurait changé quoi ? Pour moi, c'était juste une conversation courante au fil de l'eau.

/ Grand-mère paternelle /

Quatre-vingt-treize balais et toute ma tête. Je me souviens très bien…

Mardi dernier en soirée : il passe à la maison, il a l'air en forme, normal, aussi normal que possible en tout cas. Jusqu'à mardi dernier, donc : rien à signaler.

Mercredi en début d'après-midi : je le surprends en grande conversation avec Ludo, assis sur un banc près de l'église, de quoi peuvent-ils bien discutailler jusqu'à la tombée de la nuit ?

Jeudi : Louis est avec eux cette fois, les trois larrons en foire s'en vont en ville en fin de matinée, pour y faire quoi, je les croise, je leur demande, ils ne me répondent pas… Le soir, je le revois qui sort du bistrot, éméché. Il noyait quoi dans l'alcool ?

Vendredi : journée ordinaire de travail, du moins je suppose, je ne l'ai pas vu. Mais en soirée, je le revois qui ressort du café.

Samedi : famille, jardin, voisins, pêche à la ligne avec Gustave. Je le croise à plusieurs reprises, renfrogné, peu causant, manifestement soucieux. Pas le genre de la maison.

Dimanche : repas en famille, confirmation de l'impression de la veille, moins joyeux que d'habitude, pas dans son assiette…

///

Léon… Mon petit-fils adoré… Qu'a-t-il bien pu se passer ?

///

Quatre-vingt-treize balais et pas pressée de te rejoindre. Mais ça viendra…

Quand ça viendra, tu me raconteras ?

/ Grand-mère maternelle /

J'aurais dû m'en douter. Nous aurions dû nous en douter, la mère Léger et moi. Les grands-mères, ça papote, ça radote, ça lit des contes de fées et ça évoque le bon vieux temps. Ça fait de succulentes confitures et l'éloge des petits-enfants. On s'émerveille devant eux. On se vante qu'ils grandissent bien, une bonne situation et des enfants sages à leur tour. On essaie de servir à quelque chose. On s'efforce de leur transmettre notre expérience, notre sagesse. On prétend en savoir plus que tous ces jeunes peigne-culs mais le jour où nos bons conseils pourraient vraiment être utiles : *pffuit !* envolées les mamies, plus rien !

Mère Léger ! Je m'en veux. Nous ne lui avons été d'aucun secours. Vous aussi, vous vous en voulez ?

Dimanche pourtant, après le déjeuner, nous marchions toutes les deux dans le jardin. Nous nous sommes posé la question : qu'est-ce qui cloche chez Léon ? « Un coup de mou. Une baisse de régime passagère. Ça arrive à tout le monde », avons-nous conclu. À tout le monde… *sauf à Léon.* C'est ça que nous aurions dû conclure.

Ah, si seulement nous avions eu des vieux nez de vieilles peaux un peu plus creux!

/ Fossoyeur /

« J'fais des trous, des petits trous, encore des petits trous
Des petits trous, des petits trous, toujours des petits trous… »

///

Préposé aux trous. Comme unique employé aux services techniques municipaux, ce n'est pas ma seule occupation, j'avoue, je suis un peu préposé à tout. Préposé à tout et aux trous, rigolo, ça ! Rectangulaires, aux normes réglementaires, sombres, humides. Chaque fois que j'ai fini d'en creuser un, avant de remonter, je flippe à l'idée que moi aussi, mon tour viendra, mon trou viendra, ha ha ! je ne remonterai pas.

Lui non plus. Il a épuisé son temps à la surface. Il rentre dans son trou. Dommage, on l'aimait bien. En tout cas, il avait tout prévu, que dis-je : trou prévu, hi hi hi !

La semaine dernière, il est venu me voir dans le cimetière :

– J'ai bientôt du travail pour vous.

– Pourquoi, vous voulez assassiner quelqu'un ?

– Non ! Juste une mort avec préméditation…

– Si vous pouviez éviter. Je m'en passerais bien, moi, de préméditer des trous…

Il ne m'a pas écouté.

Pourtant, vrai que je m'en passerais bien, moi, de préméditer des trous.

« Des petits trous, des petits trous, encore des petits trous… »

/ Employé des pompes funèbres /

Payés à rien foutre, à attendre que ça se passe, ils sont gonflés ceux qui prétendent ça ! On n'est pas payés à rien foutre. On est payés à tirer la gueule, c'est pas rien, ça, adopter une mine de circonstance, s'apitoyer, compatir, s'associer à la tristesse des familles, comprendre leur détresse, partager leur douleur, le tout dans un costume tiré à quatre épingles, l'air de rien, c'est un métier !

Sans parler du cérémonial et de tout le cirque qui va avec, les dernières volontés, les cartes de condoléances, le corps dans la housse imperméable, la housse dans le cercueil, l'église et ses pleurnicheries, le convoi funéraire, la mise en terre du macchabée, une fois on s'en est trimballé un dans les cent quarante kilos, on aurait cru qu'ils étaient deux !

///

Et ça traîne, et ça traîne cette minute de silence… Et ça sanglote à droite, et ça renifle à gauche… Allez, hop, hop,

hop ! on accélère, pas que ça à foutre, moi, on m'attend à la maison, si je me pointe en retard à dîner, j'en connais une qui va me tirer la gueule…

///

La gueule ici, la gueule là-bas…

Bosser dans les pompes funèbres, c'est pas une vie.

/ Pilier de comptoir /

Je ne l'ai jamais vu ivre. Souvent gai mais c'était son caractère. Par contre, ivre : jamais.

///

Enfin si. Une fois. Pas plus tard que jeudi dernier. En soirée. Il s'est posé au comptoir. Il a commandé une bouteille de whisky, single malt, vingt ans d'âge, pas du jus de chaussette, de la qualité. Sur le coup, je me suis dit qu'il avait un truc à fêter. Vu sa tronche, j'ai vite compris qu'il n'était pas là pour fêter quoi que ce soit. Il était là pour se murger, ni plus ni moins.

Ses deux compères se sont pointés, Louis d'abord, Ludo dans la foulée. En temps normal, je me serais invité. Je ne me suis invité à rien. Ils n'étaient pas d'humeur. Pas loquaces pour un sou alors que d'habitude, de vrais moulins à paroles. J'ai bien senti qu'il fallait les laisser en paix. Ils avaient envie d'être entre eux. Ils sont restés là, tous les trois, silencieux, et ils ont bu, ce qu'ils ont bu ! Mazette…

Comme des trous, des puits sans fond, c'est bien simple, rien que de les voir dans cet état-là j'en avais la tête qui tournait…

///

Gosier sec. Bouche pâteuse. Je ne sais pas de quoi il est mort mais ce que je sais, c'est que moi je meurs de soif! Pourvu qu'Eugène rouvre le bistrot juste après…

/ Pompier /

J'en ai vu, pourtant… Des accidentés de la route compactés dans leurs véhicules : pas beaux à voir… Des carbonisés-consumés-rôtis à petit feu : l'odeur, surtout… Des explosés à la bonbonne de gaz : en vrac… Des noyés repêchés trois jours après : dégoulinants… Des suicidés au rasoir : sanguinolents… Des écrasés sous de la ruine effondrée : sens dessus dessous… Des victimes de violences conjugales : à vomir… Des électrocutés du sèche-cheveux : ébouriffés… Des convulsifs par étouffement : tout baveux…

///

Mais ce que j'ai vu lundi quand il a fallu se rendre sur place… L'état dans lequel on l'a trouvé… Comment il a fallu s'y prendre, après le passage de la police scientifique, pour recomposer le puzzle sans oublier aucune pièce… Lambeaux, charpie, compote, bouillie, démembrement… En principe, quand on arrive quelque part, on sait à quoi s'attendre. Je ne dis pas qu'on est blasés. Mais on s'habitue. Les causes sont identifiées. Les conséquences sont prévisibles. Plus grand-chose ne nous surprend…

///

Je le connaissais, en plus. Qui ne le connaissait pas ?

///

Léon Léger. Jusqu'au bout. Surprenant.

/ Amateur de dictons /

Mon cher Léon !

///

Tu es parti trop tôt :

« Mieux vaut tard que jamais mais parfois mieux vaut jamais que tard. »

///

On aurait préféré que tu restes parmi nous :

« Mieux vaut une année sans tuile qu'une année sans toi. »

///

Peut-être que tu avais des problèmes familiaux ?

« Le mariage, c'est pas la mer à boire, c'est la belle-mère à avaler. »

///

Peut-être que tu t'es mis en danger ?

« Qui pisse contre le vent se rince les dents. »

///

Peut-être que tu ne t'es pas assez méfié ?

« Si un urologue te propose un verre, n'accepte surtout pas. »

///

Peut-être qu'on ne saura jamais ce qui t'est arrivé ?

« Arc-en-ciel du matin, pluie sans fin, arc-en-ciel du soir, faut voir. »

///

Et puis après tout :

« Qui meurt cette année en est quitte pour l'an prochain », non ?

/ Ouvrier agricole /

Crénom ! s'est fait pulvériser, le gars Léon, à ce qu'on dit… Comment au juste, ça on dit pas, et pis pourquoi, je serais curieux de savoir… Mais y a eu des dégâts, pour sûr ! Broyé, le pauvre bougre, comme si qu'il s'aurait fait choper par les lames d'une mois'-bat', *chlarf! chlarf! chlarf!* et voilà-t'y pas qu'il est transformé en ragoût !

J'en ai chopé un pareil, tout comme lui, dans ma machine, sauf que c'était un sanglier, un jour que j'étais aux champs à récolter tranquille. Elle avait dû clamser là, la bête, et moi, *chlarf!* je l'embarque dans mes lames, damenomdidiou, le temps que je m'en aperçoive, il en restait plus que des petits bouts dispersés dans les blés… Un massacre ! Et pis la machine qu'a morflé, du coup, j'ai eu de ces misères… Toute façon, c'est toujours nous, les bouseux et les sans-grade, qu'on a des misères…

///

Une idée, comme ça, à souffler aux fesses de ces messieurs de la police qui croivent tout savoir mieux que tout le monde : allez-y donc y voir du côté des moissonneuses-batteuses du pays ! Des fois qu'y aurait encore des morceaux du gars Léon qui-z-y sécheraient…

/ Épicière /

Un garçon gentil, plus gentil que lui : pas possible. Et serviable ! Serviable comme pas deux.

Au magasin, il faisait les courses pour les personnes âgées, les grabataires, les impotents. Vu leur nombre ici, au pays, ça l'occupait bien. Il se prêtait à l'exercice trois à quatre fois par semaine, au moins. Les petites vieilles et les petits vieux lui refilaient leurs listes de commissions. Ou me téléphonaient directement : « Vous tracassez pas. Léon sait ce qu'il me faut. Je lui ai dit. Il passera prendre la commande et il me livrera… » Et Léon passait. Et il livrait la commande…

Des bonnes pâtes comme lui, on n'en retrouvera pas. Même si Ludo est venu me voir tout à l'heure. « Je vais prendre le relais. Léon me l'a demandé. J'ai accepté. Je ferai les courses pour ces braves gens. Ça faisait partie de ses dernières volontés », qu'il m'a dit. Tant mieux. Tant mieux pour moi. Tant mieux pour eux.

///

Mais alors, s'il a fait part de ses dernières volontés à Ludo, c'est qu'il savait qu'il allait casser sa pipe, le coquin ?

/ Accro au portable /

Quelle horreur ! Quel supplice ! Quelle abomination ! Entre l'attente devant l'église, la foule à caser à l'intérieur, la messe interminable, la cohue à la sortie, la procession jusqu'au cimetière et tout ce ramdam qui n'en finit pas, ça fait bien deux heures. C'est dur. C'est long. Ce n'est pas humain. J'en tremble. J'en transpire. J'en ai des palpitations.

///

Ça me démange. Ça me rend fou. Je le sens qui s'excite. Il vibre dans la poche de mon pantalon, plusieurs fois par minute. J'en frissonne. Je serais une nana, je crois que ce n'est pas dans mon pantalon que je l'aurais planqué, ou alors pas là exactement…

Il m'appelle, il me réclame, il m'attend. Et je ne peux pas y accéder. Interdiction de le caresser du bout du doigt, de le coller à ma joue, de lui sourire, toute marque d'affection à son égard, en pareille circonstance, serait tristement déplacée.

N'empêche, je vais faire comment, moi, tout à l'heure, pour remonter la pente de tous ces mails, ces tweets, ces textos, ces posts, ces notifications ?

///

Par pitié. Cette minute. Ça suffit.

///

Pouce, Léon ! Je t'aimais bien. Mais maintenant, s'il te plaît, je peux recommencer à *liker* ?

/ Antivax /

C'est pourtant simple. La pourriture engendre la pourriture : faut pas s'étonner du résultat. Ils lui ont inoculé la cochonnerie. Elle a commencé par le ronger de l'intérieur. Son organisme ne l'a pas supporté. Il a tout essayé pour extraire le mal qui était entré en lui. Peine perdue. Il a implosé, *bam!* Détruit, désintégré, réduit à néant.

C'est lui le cas zéro, le vrai. Léon Léger, premier d'une longue série. Bientôt, d'autres suivront, par milliers, par millions. On les retrouvera dans le même état que ce pauvre type. On se demandera ce qui se passe. On niera l'évidence. On finira par comprendre. On regrettera amèrement. On nous donnera raison. Mais il sera trop tard. Nous seuls qui aurons refusé l'injection fatale serons épargnés.

///

Regardez-moi tous ces vaccinés pleurnichards, alors que c'est sur leur sort qu'ils devraient s'apitoyer ! Ils feraient mieux de profiter du peu de temps qu'il leur reste. Je pourrais me rapprocher d'eux pour leur dire la vérité en face. Je préfère me tenir à l'écart. À la dernière manif, j'ai entendu dire que l'ARN messager ne fait pas seulement des ravages en dedans : il diffuse aussi de puissantes radiations. Pas étonnant que cette saleté ait attiré les aliens !

/ Photographe de la presse locale /

Le rédac-chef me dépêche sur les lieux pour prendre des photos. Je prends des photos, donc : père à la sortie de l'église, digne dans sa douleur ; mère effondrée ; femme et enfants abasourdis, comme s'ils ne réalisaient pas ; notables compatissants – important, les notables, vendeur ; maire dans le sillage du député, député photogénique, on sent l'habitué ; les autochtones aussi, sincèrement affectés, toutes catégories confondues, qu'ils soient jeunes ou vieux ; plus un tas d'inconnus – parmi eux, quelques jolies femmes – qui viennent verser une larme, déposer une fleur, se recueillir, le regretter…

Dès cette minute achevée, je sortirai des rangs pour une série de plans larges. Foule compacte. Effet de masse. Saisissant dans un si petit village… Surtout ne pas se rater, c'est le genre de photo que je verrais volontiers demain dans le canard. Vue d'ensemble de la ribambelle éplorée sur un quart de page au moins. Le cercueil minuscule au centre de l'image. En légende, un commentaire sobre et triste comme un enterrement : « Parents ou amis, ils sont venus très nombreux lui rendre un dernier hommage. »

/ Passant par hasard /

Des obsèques. C'était donc ça ! Me voilà rassuré. Un instant, j'ai cru qu'ils étaient descendus dans des abris à cause d'une guerre nucléaire ou qu'ils s'étaient volatilisés sous l'effet d'un phénomène surnaturel…

Faut dire que c'était étrange. Je traverse le patelin. Une envie de café. Je m'arrête : café fermé. Autour de moi, pas âme qui vive, pas un chat dans les rues, pas un bruit. Un village fantôme. Toutes les maisons ont leurs volets clos. La mairie et la salle polyvalente sont fermées. Pas un footeux ou un bouliste sur leurs terrains de jeux respectifs. Rien ni personne, nulle part. Alors moi, forcément…

Heureusement je les déniche enfin. Rien de grave. Juste une cérémonie funéraire. Je préfère ça !

///

Ils se tiennent droits comme des i. À cette distance, on dirait qu'ils ont été statufiés, pétrifiés sur place, frappés par un mauvais sort. Brrr… Quelle impression étrange ! Je me tiendrais au milieu de l'assistance, i parmi les i, je ne ressentirais peut-être pas la même chose. Mais de les voir ainsi, immobiles et lointains dans ce silence de mort…

///

Allez, je file voir ailleurs.

/ Médecin légiste /

Constat : une quarantaine d'ecchymoses et contusions relevées sur tout le corps, sept côtes brisées, neuf fractures ouvertes réparties entre les membres inférieurs et supérieurs.

Bizarrerie : présence d'une cicatrice de dix centimètres sur la partie antérieure du tronc à hauteur du foie, occasionnée par une intervention chirurgicale récente non mentionnée dans les antécédents opératoires du défunt.

Conclusion : mort violente et instantanée provoquée par la rupture de plusieurs vertèbres cervicales et l'éclatement de la boîte crânienne. L'hypothèse de l'écrasement au sol est plausible. Celle de la réduction du corps par effet de broyage mécanique ne peut être totalement écartée.

///

Rapport d'autopsie remis ce jour aux autorités… Bonne chance, les gars !

Si vous voulez mon avis, vous devriez commencer par lever le secret médical auquel est tenu le docteur Ludo Trucmuche, ami très proche du cadavre. Il m'a affirmé le contraire. Mais je vous parie que mon cher confrère sait des tas de choses qu'une autopsie ne dit pas…

/ Ancien combattant /

Des mines, des bombes, des grenades… Vides ou pleines de poudre, désamorcées ou pas… La forêt en était bourrée en 40. Des tonnes et des tonnes. Je sais de quoi je parle : j'y étais !

Il en reste encore un paquet. Des reliques en tout genre, bien planquées. Je peux en témoigner. C'est même un peu mon petit plaisir, mon péché mignon, quand je me promène dans les bois. Je farfouille avec ma canne dans les fourrés, je fouine dans les bons coins et les bons coins, je les connais, puisque j'y étais ! Alors j'en trouve des douilles en laiton, des goupilles usagées, des morceaux d'obus, parfois même des entiers… Ça m'occupe. Ça me divertit. Ça me rappelle le bon vieux temps…

Pas la peine d'aller chercher plus loin : le fils Léger, un explosif lui a pété à la gueule, voilà tout. Il a sauté sur une mine ou en traficotant une ogive. C'est que ça peut encore faire des dégâts, ces petits bijoux. Un geste maladroit, un pas de travers et… *Boum !* Désagrégé, le garçon ! Comme en 40…

Je sais. J'y étais !

/ Beau-frère /

Deux minutes, pas plus. En général, deux minutes me suffisent pour me forger une opinion… Avec lui, deux secondes ont suffi. Au premier coup d'œil, j'ai su que je ne pourrais pas l'encaisser, ce Léon Léger. Un usurpateur de première, pas franc du collier, seulement doué pour rouler son monde dans la farine – avec en prime une tête qui ne me revenait vraiment pas. Que ma frangine se soit si longtemps laissé berner par cet emberlificoteur, ça me dépasse !

Cerise sur le gâteau, cet été : l'affaire des Martiens. Plusieurs fois elle m'en a parlé au téléphone. Elle était hilare. Pas moi. Comment faisait-elle pour gober ce ramassis de conneries ? Je lui ai dit le fond de ma pensée. Elle redoublait d'hilarité. « Rassure-toi, je ne gobe rien. Mais tu as raison, au village, il y a des tas de gens qui gobent. Et tant mieux ! C'est rigolo, ça met de l'animation et ça ne mange pas de pain ! »

///

Je me calme. Je ferme les yeux. J'essaie d'oublier. Dans quelques minutes, toutes ces fadaises ne seront plus qu'un mauvais souvenir. Il ne sera plus qu'un mauvais souvenir…

De l'histoire ancienne et qui, par bonheur, se finit bien.

/ Père Chouin /

« Tout doux, mère Ménard, lui ai-je dit quand elle est venue me raconter. L'air ne fait pas la chanson. Peut-être que vous avez rêvé ? » Elle tourne sa langue sept fois dans sa bouche. Elle me dit qu'il n'est pire sourd que celui qui ne veut entendre. Et elle me ressert ses salades. Par respect pour l'ancienne – cinq ans de moins que moi –, j'admets qu'après tout, il ne faut jurer de rien. Je retourne donc à mes occupations : bien faire et laisser braire…

Sauf qu'une semaine plus tard, c'est mon tour. Tard dans mon jardin, je vois la même chose qu'elle et j'en arrive à la même conclusion : la nuit, tous les chats sont gris… et vert, le Léon. Vert comme… je sais, comparaison n'est pas raison… vert comme un petit homme vert, un extraterrestre, quoi ! Je ne me défile pas, à cœur vaillant rien d'impossible. Je cherche à lui causer, de la discussion jaillit la lumière. Il passe à ma hauteur et me dit d'une voix d'outre-tombe : « Chacun pour soi et les Martiens pour tous. Bonsoir, père Chouin ! » Et il disparaît…

///

Ce qui devait arriver arriva… Qui sème le vent récolte la tempête, tant va la cruche à l'eau qu'à la fin elle se casse, et tout n'est pas toujours bien qui finit bien !

/ Mère Grattecul /

L'avait un léger grain, le Léon, p'is la mère Ménard et l'père Chouin m'avaient prévenue, alors son effet, l'a queuté en beauté, si j'puis m'permet', l'épisode du largage d'en haut dans la nuit, non mais ! le coup du type qui tombe des étoiles, c'te blague ! pas à moi, pas à une vieille branche qu'en a vu toute sa vie, des verts et des pas mûrs, l'espérait quand même pas qu'j'avalerais ça ?

Quoiqu'si j'aurais su qu'il clams'rait peu après, dame ! J'aurais joué le jeu pour lui donner de la joie, tudieu ! J'aurais fait semblant d'y croire au lieu d'lui balancer des caillasses en gueulant : « Fous l'camp d'mon jardin, garnement ! »

///

Pauv' Léon... Un brave gars... Qu'a fini drôlement !... Et drôlement jeune, par-d'sus l'marché ! Finissent drôl'ment jeunes, dans l'ensemble, ceux-là du village, comparés à ma carcasse, y a qu'à regarder autour pour s'en convainc', z'ont presque tous rejoint leur dernière demeure, comme qui dirait, pas très coriaces en vrai, mon époux pour commencer, mes p'tits chéris aussi, mes prétendants avec, dont c'te crapule, j'sais p'us comment qu'i' s'appelait, d'ici j'peux voir sa tombe, la canaille! tout ça parc' que j'lui ai refusé ses avances et que pour s'venger, l'a inventé c'nom qui m'est resté, mère Grattecul, soi-disant qu'à force de bouffer des confitures, où que j'me trouve, ça m'démange, tant et si bien que j'me gratte...

Enfin, c'est pas l'sujet.

/ Garde champêtre /

Ne pas chercher midi à quatorze heures. C'est très simple. J'ai l'explication…

On le connaissait, le lascar : un séducteur-né (mort maintenant). Il les divertissait, il les embobinait, il emballait sec : pas une seule ne lui aurait résisté…

Donc. Il fricote à droite, il fricote à gauche. Et quand ça commence à sentir le roussi, il invente l'histoire des aliens pour faire diversion. Malin pour justifier ses escapades nocturnes ! Ça fonctionne à merveille pendant un bon bout de temps. Seulement voilà, un jour, *pan* sur le bec ! il est pris en flagrant délit. Peut-être par madame, peut-être par le mari d'une de ses conquêtes. Démasqué, le coco. Et comme il a sa fierté, il préfère mettre fin à ses jours plutôt que d'être déshonoré sur la place publique…

///

Tout de même, ce n'est pas sorcier ! Pas besoin d'avoir fait les grandes écoles de police pour savoir ce qui s'est passé !

/ Marchand de journaux /

Tellement évident! Suffit de s'inspirer de ce qu'on lit dans les gazettes pour comprendre ce qui est arrivé. Faire comme moi, parcourir tous les jours la rubrique des faits divers et la presse spécialisée: on en voit, des affaires de cœur, des crimes passionnels, des drames conjugaux!

Il plaisait aux femmes. Et de leur plaire, à l'énergumène, ça ne lui déplaisait pas non plus. Badin, libertin, don Juan. Il consomme à tout bout de champ. Pour dissimuler la réalité, il s'invente des personnages extravagants. Dernier en date, celui de l'illuminé qui va dans la nuit à la rencontre de créatures étranges venues d'ailleurs. Créatures étranges, mon œil, pas si étranges que ça! Sauf qu'un jour, patatras! Le pot aux roses. La main dans le sac. Une violente altercation. Et l'infidèle se fait étriper sans autre forme de procès…

///

Pas compliqué à comprendre. Clair comme de l'eau de roche. Suffit de lire les journaux!

/ Turfiste /

Je ne l'ai jamais approché. Mais j'ai toujours suivi son parcours. Toujours entendu parler de lui en bien…

Un physique avantageux. Un mental en acier. Il était sérieux, travailleur, brave comme tout. Pas compliqué au quotidien. Agréable à vivre. D'un tempérament généreux et gai…

Son entourage le chérissait. Ses admirateurs étaient nombreux. Tout le monde l'adorait…

Il faut dire qu'il savait s'y prendre pour se faire aimer. Toujours au rendez-vous quand on le sollicitait. Ne ménageant jamais ses efforts. Ne faisant jamais dans la demi-mesure. Il avait un cœur énorme. Quelles que soient les circonstances, il donnait tout. Il régalait son public. Il faisait des tas d'heureux. Pas étonnant que tout lui ait toujours réussi…

///

Jusqu'à lundi. Triste fin pour un cheval de cette trempe ! Pattes cassées, poitrail perforé, échine brisée…

Qu'est-ce qu'il lui a pris d'aller s'encastrer dans la double haie, alors que la course était déjà gagnée ?

/ Épouse du turfiste /

Je n'en ai jamais été proche. Mais je me suis toujours intéressée à lui. Il faut dire qu'il avait une telle réputation…

Un charme fou. Une intelligence vive. Avec en plus une excellente situation. Investi dans la vie locale. Tourné vers les autres. D'un caractère affable et bienveillant…

Il avait une bien belle famille. Tous ceux qui le fréquentaient se liaient d'amitié avec lui. Personne ne pouvait le détester…

J'admets qu'il ne manquait pas d'arguments. Serviable comme pas deux. Toujours prêt à se plier en quatre. Ne faisant rien à moitié. Le cœur sur la main. Entier et sincère. Il donnait de la joie autour de lui. Pas surprenant que tout lui ait toujours souri.

///

Jusqu'à lundi. Quelle mort atroce ! Jambes cassées, poumons perforés, nuque brisée…

Qu'est-ce qu'il lui a pris d'aller finir sa course au fin fond de la carrière abandonnée ?

/ Secrétaire de mairie /

C'est trop affreux ! J'avais sorti le grand jeu, mis le maximum d'atouts de mon côté, usé de tous les stratagèmes possibles et imaginables pour qu'il me remarque. Au point de caler l'heure où j'achetais mon pain sur l'heure où il achetait le sien, dans l'espoir de croiser son regard chez la boulangère. C'était dans la poche, ou presque, j'en suis persuadée. Il me faisait des yeux si doux…

Quel bonheur quand il passait en mairie ! J'en étais toute tourneboulée ! La dernière fois… hi hi hi ! il voulait se faire délivrer une carte de pêche. Je l'ai forcé à revenir le lendemain pour qu'il la récupère. « Il me faut une seconde photo d'identité, ai-je expliqué. C'est obligatoire. Une pour le permis. Une autre… euh… pour le dossier conservé en mairie. » Hi hi hi ! Il me l'a ramenée sans sourciller. Avec le sourire, même…

Sûre qu'il me portait dans son cœur. Il allait me déclarer sa flamme. J'en mettrais ma main au feu ! C'est trop injuste !

///

Qu'est-ce qu'il était beau !

Cette photo d'identité que je garde sur moi, je crois que je vais me la monter en médaillon.

/ Camarade de régiment /

Le comble ! On aura tout vu ! Léon Léger, rétif à tout commandement, hostile à toute forme de discipline militaire, incapable de se taire dans les rangs, infichu de tenir en place plus de trois secondes au garde-à-vous, foncièrement allergique au port de l'uniforme, qui attrapait des boutons à la vue du moindre matériel de guerre :

Primo, meurt dans des circonstances qui laissent à penser qu'un char d'assaut lui est passé sur le corps.

Secundo, réussit à faire observer une minute de silence absolu à des effectifs dignes d'un régiment d'infanterie au grand complet.

Tertio, va même jusqu'à obtenir le salut militaire réglementaire posthume du sous-lieutenant Mougin, professionnel des armées originaire du village, vêtu de sa tenue d'apparat, le petit doigt sur la couture du pantalon.

///

Tu as rendu l'âme. Je te rends les honneurs.

Mes respects, camarade !

/ Sous-lieutenant Mougin /

Gaaaaarde à vous !

///

Soldat Léger, vous et moi, peu de choses en commun. Bien peu. L'armée, pas votre truc. Pas du tout. Mauvaise recrue, du temps de votre service national. Très mauvaise. Récalcitrant. Moqueur. Pas vraiment apprécié de vos supérieurs hiérarchiques, sauf erreur. Vraiment pas. Pas une vie de dévouement exemplaire à la mère patrie. Non plus. Pas du genre : « Militaire de carrière mort au champ d'honneur. » Plutôt : « Civil des champs mort dans la carrière. » Allons bon.

Mais vous aimiez votre village natal que j'aime et mon village natal que j'aime vous aimait. Affirmatif. Et quoique inapte au combat, vous avez été transformé en chair à canon. Alors...

Alors la grande muette vous salue bien bas, soldat Léger. Vous qui l'êtes aussi. Muet. Maintenant. Mon grand.

///

Repos!

/ Partenaire de tennis /

Notre dernière partie remonte à dix jours. C'est bien la première fois que je le baladais de la sorte, à droite, à gauche, et à droite, et à gauche : un essuie-glace sur le court... J'aurais dû m'en douter. Mais non, j'étais sur mon nuage. Certain d'avoir accompli des progrès foudroyants. Tout heureux de lui mettre la pâtée, 6-2, 6-0, alors que je ne l'avais jamais battu auparavant...

Imbécile que je suis ! Comment ai-je fait pour ne pas m'inquiéter de ce score ? Pour ne pas me rendre à l'évidence : ce n'est pas moi qui jouais étonnamment bien ; c'est lui qui jouait exceptionnellement mal ! Comme s'il avait perdu l'envie de se battre, de gagner.

Je le revois accroupi dans un coin du terrain, tournant le dos au filet, tâchant de récupérer, cherchant sa respiration, défiguré par l'effort, la souffrance, les soucis, est-ce que je sais, moi ? J'avais mis cette attitude sur le compte d'une défaite qu'il n'encaissait pas...

Ce n'était pas une défaite qu'il n'encaissait pas. C'était quelque chose de bien pire, bien plus sérieux, bien plus grave et qui lui tapait sur le système au point de l'entamer physiquement.

/ Journaliste de la presse à sensation /

Quelle accroche pour mon papier ? L'embarras du choix…

///

Option un : « Tombé du ciel ». Sous-titre : « Largué d'une soucoupe volante, il s'écrase au sol après une chute vertigineuse ». Démesuré, farfelu, inquiétant. Avec en prime des témoignages de vraies gens.

Ou bien : « Sectes sataniques : une nouvelle affaire ? » En dessous : « L'homme retrouvé mort au fond du bois serait la malheureuse victime d'un sacrifice rituel ». Bien trouvé. Il y a des jours où je m'épate.

Ou encore : « La bête rôde ». Suivi de : « Évadée d'un cirque ambulant, la panthère s'est acharnée avec une férocité inouïe sur le promeneur imprudent ». Inventif. Délirant. Mais où vais-je chercher tout ça ?

Et pourquoi pas : « Un bien mystérieux règlement de comptes ». Puis : « Chef d'une petite entreprise florissante, il faisait des envieux autour de lui. Qui pouvait le haïr au point de l'assassiner avec une telle sauvagerie ? » Moins original. Mais énigmatique à souhait.

///

Populace captivée. Frissons garantis dans les chaumières. Reste à décider laquelle de ces thèses imbéciles donner en pâture à nos lecteurs adorés !

/ Juge d'instruction /

Je n'irais pas jusqu'à prétendre qu'il méritait le sort qui lui a été réservé. Cela dit, c'était vraiment un sale type, alcoolique et coureur de jupons, menteur, malhonnête, fourbe, cynique et corrompu, le vice dans la peau, prêt à vendre père et mère pour parvenir à ses fins. Drôle de spécimen. La plus dangereuse des catégories. Celle des individus qui inspirent spontanément la confiance, la sympathie, l'admiration même, alors qu'en réalité, ils sont capables du pire...

Il se félicitait de la gestion irréprochable de son entreprise... et versait des commissions occultes pour décrocher d'importants marchés. Il donnait l'image d'un bienfaiteur de l'humanité... et abusait de la crédulité des personnes âgées pour leur soutirer de l'argent. Il passait aux yeux du monde pour un modèle de probité et de droiture... et trompait sa femme à corps perdu.

Somme toute, que son épouse humiliée l'ait trucidé avant de s'acharner sur sa dépouille ne me surprend guère.

///

Bien content d'avoir soldé cette histoire la semaine dernière. Quant à l'affaire Léon Léger ? Pour le coup, je n'en sais rien. Je n'en suis saisi que depuis hier…

/ Meilleure amie d'Amandine /

Continuerons-nous d'être des confidentes ? De partager des moments d'intimité ?

Ton intimité, Amandine, c'était la sienne. Ta vie, sa vie. Ombre projetée de Léon, façonnée à son image, fascinée par son image, solidaire, dévouée, suspendue à lui, délibérément dépendante, respirant son air, puisant ton énergie en lui, resplendissante par la grâce de l'aimer et d'être ainsi aimée de lui. J'ai peur que tu ne t'éteignes peu à peu, maintenant que le malheureux s'est éteint…

Les prochains jours seront difficiles. J'essaierai de t'apporter du réconfort. Te serrer dans mes bras. Sécher tes larmes. Surtout te dire de ne prêter aucune attention à ceux qui ne vont pas se priver pour refaire l'histoire, enquêteurs avides de réponses, commentateurs prétendument avisés, rapporteurs de propos imaginaires, fouille-merde et autres cancaniers obscènes. Ne les écoute pas. Fuis-les. Tu n'as pas besoin d'un mauvais épilogue. Tu as besoin de te répéter à chaque instant qui passe ce que je me chargerai de te répéter à longueur de temps, même si c'est dur à admettre :

ton mari est mort, mon Amandine chérie. Mort et enterré. Et toi, tu es en vie. Bel et bien en vie, tu entends ?

/ Antiquaire /

« Les enterrements sont aux antiquaires ce que les comices agricoles sont aux marchands de bétail : là où se négocient les meilleures affaires. » C'est mon père qui le disait. Avant lui, mon grand-père. D'excellents professionnels. Ils avaient raison. Le chineur chine chez l'antiquaire. L'antiquaire chine dans les cimetières. Et la Terre tourne autour du soleil. C'est la règle. Je m'y conforme. Un enterrement est toujours un moment privilégié pour dresser un état des vieux – pardon des lieux –, estimer le niveau général de décrépitude, détecter celles et ceux qui n'en ont plus pour longtemps, sympathiser, interroger, convaincre, fixer un rendez-vous pour évaluer le patrimoine et dénicher les bonnes affaires. Meubles anciens, objets rares, bibelots des caves aux greniers : les baraques du pays regorgent de trésors insoupçonnés.

J'ai repéré de nombreux individus prometteurs dans l'assistance – prometteurs, façon de parler –, anciens du village en bout de course que je ne vais pas me priver d'aborder séance tenante. Je sens que la fin d'après-midi va être fructueuse. Il faut reconnaître, un rassemblement de cette envergure, quelle aubaine !

Cent fois merci, Léon Léger !

/ Ivrogne /

Promis juré, vomi craché! *Hips!* plus une seule goutte! *Burp!* dès demain… Holà, merde, ça tangue! Plus une seule goutte de rou… de rou… d'alcool, juré, craché, croix de bois! *Hips!* vu où ça peut mener… La vache, putain, c'te houle, le bruit des vagues, ma tête! 'gardez ce couillon de Léon, le couillon, jeu… jeu… vendredi soir chez l'Eugène, à boi… à boire! *Hips!* on boit, on boit! 'chier, ce mal de mer! Je dis juste: « Plus beurré que moi, tu meurs! », juste ça, comme ça… *Hips!* lui, il répond: « Chiche! » et aussi: « À boire, à boire à boire à boire! », il dit… et il boit, il boit il boit il boit, je sais pas c'qu'il lui passe par la tête… ma tête, putain, la houle, ça roule! « Chiche! », il a répondu, et il boit… du coup, il est encore plus beurré que moi… *Hips!* ce Léon de couillon! et voilà, voilà le résul… le résul… le résul… bref, plus beurré que moi… *Hips!* il meurt, bordel! Putain, ça tangue! C'est encore loin, la terre fer… la terre fer… le port?

///

Hips!

/ Vieille femme non voyante /

Je ne vois rien mais je vois tout.

Je vois… Je vois une tristesse infinie, après lui le déluge, la désolation et le chaos, une perte énorme pour la famille, ses amis, la contrée tout entière.

Je vois… Je vois de drôles d'oiseaux dans un objet volant impossible à identifier, il fait trop sombre. Léon aussi se tient à l'intérieur. La masse compacte traverse la nuit étoilée, survole le village, la forêt. Et soudain, Léon tombe dans le vide.

Je vois… Je vois des théoriciens et des commères partout, des médisants, des bavards, des exagérateurs, des amateurs de sensations fortes par procuration. Une multitude exaltée qui se sent obligée d'avoir un avis sur la question alors qu'en fait, seules deux personnes détiennent la clé de l'énigme.

Je vois… Je vois ces deux personnes. Je les sens. Je les devine. Elles sont là. Elles pleurent et elles rient. Elles compatissent et elles jubilent. Elles se lamentent et elles se félicitent.

///

Louis, Ludo.

/ Vieille femme voyante /

Ah! de mon temps... On venait de loin pour me consulter! J'avais des pouvoirs surnaturels qui en imposaient! Des dons d'extralucide qui faisaient des envieux! Une clientèle étoffée! Des gens importants qui se déplaçaient jusqu'à ma modeste demeure! La maman de Léon, elle aussi, m'avait rendu visite pour connaître la destinée de son fils. Je lui avais prédit une grande et belle réussite. Je ne m'étais pas trompée. Et qu'il mourrait des suites d'une longue maladie. Je m'étais trompée. Je me trompais parfois. Mais au moins on me respectait. On m'écoutait. De mon temps...

Maintenant? Je ne parviens plus à battre les cartes à cause de mes rhumatismes dans les doigts. Ni même à lire dans le marc de café avec cette satanée cataracte. Je ne lis plus non plus dans les entrailles des poulets : je n'ai plus de poulets. Ma boule de cristal est cassée. Et la dernière fois que j'ai fermé les yeux pour réaliser une voyance par flash, je me suis endormie...

Une vieille bonne femme sans avenir, voilà ce que je suis devenue…

Je crois que je ne vais pas tarder à te rejoindre, Léon Léger.

/ Pie bavarde /

Kêêê... kêêê... caketi... caketa... Voler, c'est bien joli. Mais parler, ce n'est pas mal non plus ! J'ai construit mon nid dans les parages, je fais partie du décor, je m'intéresse à la vie locale... Moi aussi, je devrais avoir droit à la parole ! Surtout que j'aurais des choses à raconter, comme vous pouvez l'imaginer, et avec une certaine hauteur de vue, s'il vous plaît, depuis la cime des arbres ou le toit des maisons, pensez, ce n'est pas comme ces conversations humaines au ras des pâquerettes !

Seulement voilà, chaque fois que j'ouvre le bec, il en sort quoi ? *Kêêê... kêêê... caketi... caketa...* Plutôt limité comme vocabulaire...

Cet homme qu'on enterre, par exemple. Un matin pluvieux au début de l'automne, il m'a trouvée dans son jardin, empêtrée dans un buisson de framboisiers. Il m'a attrapée. Il m'a enfermée dans une cage. Il m'a observée. Puis il s'est mis à m'entretenir de ses problèmes. « Tu ne peux pas m'aider, hein, la pie ? » a-t-il fini par me demander. Mais quand j'ai commencé à lui causer, il m'a répondu : « Tu me casses les oreilles ! » Et il m'a relâchée.

///

N'empêche. Je sais tout de sa vie. Je sais même pourquoi il est mort. Je peux vous le dire, si vous voulez : *Kêêê… kêêê… caketi… caketa…*

/ Ange /

Flap flap flap… Allez, assez volé pour le moment. Je m'offre une pause, je m'assieds sur ce joli petit nuage blanc et j'admire le paysage. Autour de moi, le spectacle est permanent…

///

Au-dessus, un vol d'oies sauvages. Plus haut, un avion de ligne. Encore plus haut, le soleil qui brille. Encore, encore plus haut, le Très-Haut…

///

Sur ma droite, à ma hauteur, des collègues des chœurs de nos hiérarchies s'ébattent dans l'extase de la joie céleste : séraphins, chérubins, principautés, vertus, dominations, trônes, puissances…

///

En dessous, en bas, sur la terre, un minuscule attroupement. Une minute de recueillement. Un silence de mort. Très impressionnant… Je passe tandis qu'ils honorent la mémoire de Léon Léger. Initiales LL. Deux L. Deux ailes. Comme nous, les anges…

///

Sur ma gauche… Tiens ! à quelques mètres de moi, légèrement en contrebas, manifestement fasciné par les événements terrestres auxquels il assiste, confortablement installé aux creux d'un cumulonimbus… Quand on parle du loup !

/ Amoureuse /

Léon. Mon Léon. Mon Léon à moi… Ma passion pour toi… Une vie consacrée à toi… L'attente interminable de journées solitaires égrenées au rythme d'inavouables pensées… Des fantasmes… Des envies… Un jour, notre première promenade en forêt, chargée de romantisme et d'émotion, main dans la main, cœur battant… Nos rencontres clandestines, furtives, exaltées… Les plaisirs défendus des couples illégitimes… Nos cinq à sept dans le grenier de ton moulin… L'audace d'un dîner en ville… La pénombre d'une salle de cinéma… Nos corps enlacés dans une chambre d'hôtel… Puis le retour au quotidien… L'art de la dissimulation… La préservation des distances dans les réunions publiques, en société… Numéros d'acteurs teintés d'espièglerie, de complicité… Regards sous-entendus, sourires entendus, désirs contenus… Puis de nouvelles rencontres… Des baisers… Des fous rires… Un amour fou…

///

Tout cela, nous aurions pu le vivre si…

J'étais amoureuse de toi. Je ne te l'ai jamais dit. J'allais le faire. Ces instants de bonheur rêvé, j'aurais tant aimé les vivre avec toi, Léon. Mon Léon. Mon Léon à moi…

/ Mari de Mathilde /

Pratiques, ces lunettes noires. Bien utiles pour donner l'illusion d'être affecté alors que j'ai envie de déboucher une bouteille de champagne pour fêter l'événement.

///

Mathilde l'aimait. D'une passion aveugle et destructrice. Elle était littéralement malade de lui, ne sachant comment soigner cette pathologie contractée pendant les années d'université. En m'épousant, elle pensait avoir trouvé le remède. Pouvoir guérir enfin. Marché de dupes ! On ne guérit pas d'un cancer avec un placebo. Elle n'a jamais oublié cet homme. Au contraire. Il n'a jamais cessé de l'obséder. Elle n'a jamais cessé de le poursuivre, s'acharnant à lui écrire des lettres enflammées, à lui passer des coups de fil insistants, à lui fixer des rendez-vous manqués…

Il y a un an, elle m'a tout avoué, comme on avoue une maladie honteuse. Nos enfants… Notre entourage… Une belle maison… Une situation confortable… Tout s'est effondré. J'ai essayé de la raisonner. De la comprendre, de lui pardonner. De tout mettre en œuvre pour la décourager…

Sans le moindre résultat. Il a fallu se rendre à l'évidence. La seule voie de guérison possible était la suppression du mal.

///

Voilà. Champagne ! C'est fait.

/ Mathilde /

Tuer. Pulsion meurtrière. Nourrir une haine féroce. Mener l'enquête. Retourner sur les lieux du crime. Détecter un indice. Chercher. Chercher sans répit. Revanche. Représailles. Vengeance. Trouver. Le trouver. Mettre la main sur l'assassin. Ce salopard. Lui faire la peau. Lui réserver un sort identique. L'aplatir. L'écrabouiller. En faire de la compote. Compote d'humain. Compote de salopard. Le réduire à néant. Comme ma vie sans Léon, sans Léon, le néant.

///

Mourir. Pulsion de mort. En finir sans plus tarder. Ne plus tarder à en finir. Maintenant. Renoncer à la vie. À tout espoir. À toute solution de remplacement. Oublier les autres. S'oublier soi-même. Sortir de son corps. Lui épargner bien des souffrances. Tout plaquer. Dire adieu. Merde à la vie. Se jeter dans le vide. S'écrabouiller à son tour. Comme une merde. Compote de merde. Vie de merde.

Vide. Vie de merde vide. Le rejoindre dans l'au-delà. À deux dans l'au-delà, là-haut avec Léon.

///

Tuer. Mourir. Tuer. Mourir. Tuer. Mourir. Mourir. Mourir. Mourir…

/ Épouse de Ludo /

Mon pauvre chéri, si au moins tu me disais la vérité, rien que la vérité, au lieu de soupirer. Si pour une fois tu levais le secret professionnel. Si tu oubliais un instant ton serment d'Hippocrate. Ça te soulagerait de m'en parler. De m'expliquer tout ça…

Pourquoi tu as annulé tes consultations dans la précipitation, mercredi.

Ce dont vous vous êtes entretenus, Léon et toi, jusqu'à une heure tardive.

Où vous êtes allés vadrouiller, accompagnés de Léon, jeudi.

Ce qui justifiait ton humeur exécrable en fin de semaine dernière, cette nervosité qui ne te ressemble pas.

Ta fugue de lundi soir, ton retour au foyer en plein cœur de la nuit.

Pourquoi j'ai senti que tu faisais semblant d'être étonné quand je t'ai appris la mort de ton ami.

///

Mon cher et tendre, ne penses-tu pas que la plaisanterie a assez duré ? Que le moment est venu de rompre le silence ?

Dans quelques secondes, la minute sera écoulée…

/ Ludo /

Te placer entre les mains expertes des plus éminents spécialistes n'aurait rien changé : tu étais condamné. Diagnostic formel. Généralisation d'un cancer du foie qu'une intervention chirurgicale par embolisation artérielle n'avait pu soigner. Une vacherie. Il te restait quoi ? Une jolie cicatrice et quelques semaines à vivre. Des semaines dont tu n'as pas voulu…

Au départ, je me suis opposé à cette idée sordide. Déontologie oblige. Mercredi encore, j'ai fait tout mon possible pour te convaincre de reporter l'échéance. Et aussi, d'en parler enfin à tes proches. Je me heurtais à un mur. J'ai compris que tu ne reviendrais plus en arrière. Tête de mule ! Je ne pouvais pas t'abandonner. Alors quoi, je t'ai cédé…

Jeudi en ville, j'ai tenté d'être aussi jovial que vous deux. C'était insupportable. Mais j'ai joué le jeu. Accepté de m'asseoir à une terrasse de café pour mettre tranquillement au point les derniers préparatifs. Puis de me rendre avec vous en repérage à l'aéro-club, Louis tenant à nous montrer le zinc dans lequel nous allions embarquer quelques jours plus tard. J'ai même esquissé un sourire quand tu as dit en caressant la carlingue : « Il fera parfaitement l'affaire. À défaut de soucoupe volante… »

/ Louis /

Tu serais encore de ce monde si tu n'avais pas un ami ingénieur en aéronautique, passionné d'aviation, pilote de coucous…

Mais dans quel état ? Avec quelles perspectives ? Sursitaire d'une mort programmée… En proie à des douleurs grandissantes… Les pensées accaparées par cette fin inéluctable… Contraint d'avouer ton mal à ton entourage… Tous ceux qui t'aiment vaincus par la tristesse… Cette tristesse qui ne te ressemblait pas.

Nous avons bien fait. Bien fait de monter ce canular né de ton esprit fertile. Bien fait de décoller tous les trois, lundi soir, pour un voyage au bout de la nuit, jusqu'à ton saut dans l'inconnu, au-dessus des bois.

Nous ferons encore mieux si Ludo et moi respectons tes dernières volontés : poursuivre l'œuvre que tu as commencée, entretenir le suspense sur les circonstances de ta mort, soutenir mordicus la thèse des extraterrestres. S'inspirer de cet exemple et le décliner à l'infini. Rivaliser de fantaisie. Inventer, s'amuser, animer, rire. Insuffler de la vie à ce village. Lui épargner dans le fond ce que tu as souhaité t'épargner : une lente agonie.

///

Pas facile d'être tes dignes héritiers…

///

You-pi.

/ Léon Léger /

Je ne voudrais pas que vous pleuriez. Faites comme moi. Prenez de la hauteur par rapport aux événements et songez que toutes les belles histoires se concluent ainsi : par une chute. Ce n'est d'ailleurs pas aussi effrayant qu'on peut l'imaginer. On s'élance. On dégringole. On prend de la vitesse. On met ses mains sur son visage pour ne pas voir le sol se rapprocher. Et voilà. C'est la fin. Le commencement. On tombe du ciel. On remonte au ciel. On flotte avant. On flotte après. C'est tellement agréable, cette sensation…

En tout cas, je veux vous dire merci. Pour ce moment de communion autour de mon corps endormi, spectacle attendrissant, auquel je n'aurais jamais cru assister et qui, vu sous cet angle, me bouleverse. Pour cet instant unique, surnaturel, extraterrestre en somme, et pour tout ce que vous m'avez offert de l'existence, chacun à votre mesure, chacun à votre manière. Merci.

///

L’hommage chronométré s’achève. Rentrez chez vous maintenant. Profitez de la vie. Ne vous hâtez pas de me rejoindre. Laissez-moi un peu de temps pour savourer ces minutes de silence.

///

Mises bout à bout, elles exhalent un délicat parfum d’éternité.

Conception graphique et réalisation
Anne-Marie Bourgeois/m87design

Achevé d'imprimer
sur Roto-Page
par l'Imprimerie Floch à Mayenne,
en décembre 2024

Dépôt légal
février 2025

Numéro d'imprimeur
106007

Édition n° 1

Imprimé en France